新潮文庫

雨はコーラがのめない

江國香織著

新潮社版

8219

はじめに

雨は、オスのアメリカン・コッカスパニエルで、いま二歳です。濃い栗色《くりいろ》の毛は長く、くるくるとカールしていて、散歩にいくと、いろんなものがくっついてきます。枯れ葉とか、小枝とか、紐《ひも》のきれはしとか。雨の脚は太く、力強い。

雨は、静岡で生れました。静岡での日々は、私の知らない、雨の過去です。

私たちは、よく一緒に音楽を聴きます。べつべつの思惑で、べつべつの気分で、でも一緒に音楽を聴くのです。

音楽はたいてい私が選びます。雨の知らない時代の、雨の知らない私の時間と記憶と感情に、深く結びついた音楽たちです。雨と音楽について、書くことにしました。

かつて私は、しばしば音楽にたすけられました。いまは雨にたすけられています。

雨はコーラがのめない

I

きょうは、粉雪の中を、雨と散歩にいった。とても寒かったので、帰って、なにか温かくなるものを、と思って、カーリー・サイモンを聴いた。カーリー・サイモンの『マイ　ロマンス』は、この十年変わらず大好きな一枚。

雨と私は、音楽の好みが全然違う。

他のところは、すごく似てるのに。

犬と飼主が似る、というのは、一緒に暮らしているうちにだんだん似てくる、という質のものだと思っていたけれど、雨と私は、はじめから似ていた。ぼんやりして、周囲の変化に気づかないところ――雨は、誰かが部屋に入ってきても、それどころか名前を呼んでも、気づかないことがしばしばある。深く深く眠っていて目をさまさないとか、ボールに夢中で何もきこえないとか——も、そのくせかまわれるのが大好きで、興奮屋ではしゃぎ屋なところも、毛が細くからまりやすいところも、臆病《おくびょう》なのに軽率に突進するところも、甘いものと果物に目がないところも（でも、雨はコーラがのめない）。

そして、音楽の好みは全然違うのに、雨と私はよく一緒に音楽を聴く。どうしてかというと、雨は犬で、私は人間なので、一緒にできることがあまりないから。雨は本が読めないし、私は牛の肺を乾したものなんか嚙《か》めない。音楽なら一緒に聴くことができる。

きっかけは、オペラだった。

それまで私の聴く音楽に何の反応も示さなかった雨が、ある日いきなりびくっと起き上がり、ステレオのそばにいって、くうん、と、ないた。それから不思議そうな顔で耳をそばだて、そこでじっと聴いていた。ラヴェルのオペラだった。

私はオペラが好きじゃない。その日はたまたま仕事上の必要があってそれを聴いていたのだ。

ためしに、そこにあったあと二枚のオペラ——モーツァルトとヴェルディ——もかけてみた。すると、雨はソプラノにだけ反応することがわかった。男性の声には見向きもしないのだ。

「なんてこと」

異性に惹《ひ》かれてしまうところも、雨と私は似ているらしい。

「因果なことだわねぇ」

私はつぶやいた。

雨の一歳の誕生日に、私はエリザベス・シュワルツコップのアリア集を買ってやった。雨の持っている、たった一枚のCD。私の好みから言うと強烈すぎる歌唱なのだけれど、雨は気に入ったようだった。基本的に、強烈なものが好きなのだ。犬の体温が人間の体温より高いことと、それは関係があるのかもしれない（し、ないのかもしれない）。

ともかくそんなふうにして、雨と私は一緒に音楽を聴くようになったのだった。

私たちは一緒に暮らし始めて二年三カ月になる。

はじめて雨に会った日のことは、忘れられない。凍えそうに寒い、十二月の、雨の日だった。そのすこし前から、私はまるで幽霊みたいに日々を暮らしていて、その日もまるで幽霊みたいに、雨だというのにデパートの屋上に煙草《たばこ》をすいにのぼった。なにしろ幽霊なので、雨に濡《ぬ》れても平気だった。なにがどうなってもいいのだった。

その屋上に、雨がいた。

ペットショップの檻《おり》のなかで、ひたすらぴょんぴょん跳ねていた。出して出して出して出して。遊びたい遊びたい遊びたい遊びたい。早く早く早く早く。

ただ、そう言っていた。一人ぼっちのくせに。近づくと、ほとんど反射的と思える的確なタイミングで、甘えなきをした（甘えなきは、いまでも雨の得意技だ）。出して出して出して出して。遊びたい遊びたい遊びたい遊びたい。早く早く早く早く。

それを見ていたお店の人が、

「あら、この子世渡り上手ね」

と言ってくすっと笑ったことも、私には忘れられない。だって雨は必死だったのだ。誰でもよかったのだ。ちょっとでも自分を見てくれれば、近づいてきてくれれば、かまってくれるかもしれないとすれば。

それは実際媚《こ》びだった。雨は臆さず媚びていた。本気で。ひたすら。もう、体あたりで。

そして、雨はいまここにいる。

雨にとって、それが私じゃなくてもよかったことを、私は知っている。雨は知らないと思う。当然という顔をしてここにいる。他の可能性について考えたりしない、やすらかでたくましい動物だから。

雨がいつも鼻先をおしつけるので汚れているガラス窓ごしに、私たちは粉雪をみている。カーリー・サイモンは、しずかな温かな声で、「LITTLE GIRL BLUE」を歌っている。このアルバムを、私は一体何百回聴いただろう。スタンダードのカヴァー集だけれど、このひとの小ざっぱりした歌い方は、それぞれの曲のオリジナルよりよかったりもする。「BY MYSELF」とか、「HE WAS TOO GOOD TO ME」とか、一曲ずつが、特別で小さな石みたい。

基本の自分に戻れる曲、というのがあるが、このアルバムも、私にとってそれだと思う。ちょっと昔のアメリカの、ちょっと哀《かな》しい健全なセンティメント。私はそれが、たぶん非常に好きなのだ。

カーリー・サイモンに対する雨の評価は、でも、「普通」なのだけれど。

2

クイーンのアルバムのなかでいちばん好きなのは『メイド　イン　ヘヴン』で、これはフレディ・マーキュリーの死後に発表された、彼らの最後のアルバムだ。

都心の小さな女子校で、十二歳から十七歳までの日々をすごしていたころ、まわりはロック少女だらけで、教室にはキッスのファン——セーラー服姿なのに、顔にコウモリのペイントをして登校してくる女の子もいた——とか、クイーンのファン——みんな、学生鞄《かばん》にシールを貼《は》っていた——とか、ベイシティローラーズのファン——チェックの衿巻《えりまき》をまき、キットカットを毎日食べて太っていた——とか、ビートルズがすべてと言う子——ジョン・レノンが死んだとき、どういうわけか私の席にやってきて、「ジョンの魂のために目を閉じて祈って」と言った。私はそうした。彼女があまりにもまじめにそう言ったから——とかがいた。ブリティッシュ・ロックが、強かったように思う。

私は、ロッド・ステュアートだけは好きだったけれど、あとはブリティッシュ・ロックに興味がなかった。シンプリー・レッド以前には——。

それに、子供だった。まわりの子たちより、たぶんもっと子供だったので、音楽の毒に気を許すことができなかったのだ。

あのころ、クイーンには派手でばかげた印象を持っていた。笑っちゃうのは、「派手でばかげた」というのはいまの私にとっては最高のほめ言葉だということ。人の本質って、子供のときには本人にもわからなかったりするらしい。

ともかく当時は「ふうん」って感じだった。ファンがこぞってほめる「ボヘミアン・ラプソディ」は曲のつくりが異様に大げさでたじろいだし、「自転車に乗りたい」ってひたすらくり返す「バイシクル・レース」に至っては、聴かされてもきょとんとしていた。ちょうど、いまの雨みたいに。

雨にクイーンを聴かせると、きょとんとする。それからふいに無関心になる。子供だなあ。

私はその後大人になったので、『シアー ハート アタック』とか、『キラーズ』とか、『ザ ミラクル』とか、一枚ずつが強烈な、味も香りも濃い風変りな果物みたいなアルバムを、ときどきこっそり聴いている。

どうしてだろう。クイーンのアルバムは、こっそり聴く。誰かが遊びに来てくれたときにかける音楽には絶対選ばない。

でも、雨は別。雨は私の腹心の友なので、雨とは一緒にクイーンを聴く。『メイド イン ヘヴン』は、なかでもいちばんしばしば聴く。

このアルバムは、やさしい。やさしいというのは、世界の調和がとれているという感じ。そして、ひたすら美しい。彼らの曲はもともと雄大だけれど、このアルバムの空気の透明度がなぜだか非常に――神々《こうごう》しいほど――高いので、雄大さに気持ちよく身をまかせられる。

フレディ・マーキュリーのソロアルバムの白眉《はくび》だった「MADE IN HEAVEN」と「I WAS BORN TO LOVE YOU」も収録されていて、私は彼の圧倒的なヴォーカルがそう歌うのを聴くだけで満たされてしまう。I WAS BORN TO LOVE YOU ということの、ベーシックさが好きだ。クイーンはよく「ドラマティック」

と評されるけれど、でも彼らの概念はいつも極端に堂々とベーシックで、それをちゃんとベーシックに感じられるだけのベースが聴き手にないと、おもてのドラマ性に戸惑わされたりするのだろう。

雨もこの二曲はわりと好きであるらしく、おともだちのハリネズミくんとゾウさん（ゴムのおもちゃ。噛《か》むとぴいぴい音がする。ハリネズミくんはオレンジ色で、ゾウさんはきいろ）をくわえてきて、盛大に音をたてながら、機嫌よく噛んでいる。もっとも、ゾウさんは音の出口（空気の出口？）の小さなプラスティックがとれてしまって、もう音がでない。でも雨はこの旧《ふる》いともだちを、熱烈な愛を込めて噛む。いとおしそうに、なつかしそうに。

ハリネズミくんの方は、いまの雨のいちばんの気に入りで、どこに行くにも一緒につれていく。でも、全身こまかいとげとげなので、我家に来てからの半年あまりのあいだに、とげとげの隙間《すきま》に埃《ほこり》と雨の毛のからまったものがくっついて着々と沈み、洗おうとしてもそこまで指が届かない。だから古株のゾウさんとおなじくらい年季が入っているようにみえる。いずれにしても二人は雨の大事なおともだちなので、私も大事なお客様として接している。

『メイド イン ヘヴン』はクイーンの最後のアルバムなので、ファンにはたぶん、かなしみを伴う一枚なのだろうと思う。「LET ME LIVE」という曲なんて、とくに。でも小鳥の鳴き声で始まり、「It's a beautiful day」と歌い出すフレディ・マーキュリーの声はしみじみと幸福感に溢《あふ》れていて、私はかなしむことができない。びっくりするほど温かな生命力にみちた、幸福なアルバムなのだ。

「このひと、もういないんだよ。エイズで死んじゃったの」

雨に言っても、雨は勿論《もちろん》きいていない。音楽にすこし高揚し、よだれでべたべたにしながら、しきりにおともだちを嚙んでいる。

「too much love will kill ハリネズミくんだよ」

私は雨に、言ってみる。

3

普段、雨は一階にいて、私は二階の仕事部屋で仕事をしている。夫との取り決めで、雨は二階に連れてこない、ということになっているからだ。はじめのうち、雨は二階に来たがってくんくん鳴いた。ドアをひっかいて、穴をあけてしまったりもした。でも、やがて慣れた。いまでは一階を自分の領分だと思っていて、私や夫を「ときどきやって来るお客」だと考えているふしさえある。

私の方が、雨よりも未練がましい。おなじ家の中にいるのに離れ離れなんて淋《さび》しい、と思ってしまうのだ。それで、一階で仕事をしたりする。一階の、リビングのテーブルで。

そうすると雨は興奮してしまう。遊ぼう遊ぼう遊ぼう遊ぼう、遊びに来たんでしょ遊びに来たんでしょ遊びに来たんでしょ、と言う。しばらくボール投げをしたり音楽を聴いたりぎゅうぎゅう抱きしめたりして遊ぶ。

やがて、もうほんとうに時間がない、という状態になり、私は半ば青ざめて、

「駄目。もう仕事をしなくちゃ」

と宣言する。書き始めると、私はそこにいないも同然の状態になるので、雨にかまうことはできない。数時間後、気がつくと雨はソファの上で寝ていて、私の足元に、雨のおもちゃが十数個も集められている。

おもちゃは隣の部屋の箱の中にあったはずで、つまり雨はそれを一つずつ、私を遊びに誘惑する目的で運んできたわけなのだった。

そのたびに――私がリビングで仕事をすると、かならずおなじことが起る――、私は気がとがめ、せっせとおもちゃを運んできた不憫《ふびん》な雨に、

「やっぱり自分の部屋で仕事するね」

とぼそぼそ言って、二階にひきあげることになる。

それからどうなるかというと、たいてい深夜に、原稿がおわる。私はときに疲れ果て、ときに歓喜に満ち、いずれにしても雨の部屋にいき、

と、報告する。雨はねぼけまなこで起きあがって、まずのびをし、それから律儀《りちぎ》にしっぽを振って、喜んでくれる。

「終った」

「つまり、遊べるんだね」

期待のまなざしで、私を見上げる。雨も私も、昼と夜の区別はあまりない。深夜でも遊ぶし、昼間でも眠る。監督者のいない子供が二人で暮らしているみたいだ、と、よく思う。

ゆうべも、そんなふうにして深夜に雨と散歩をした。私は前日も寝ていなかったのでよれよれで、雨のペースについていけず、雨は何度も振り返っては、「遅い」という顔をした。うちに帰ってお茶と水をのみながら、一緒に音楽を聴いた。ゆうべ聴いたのは、ハイポジ。

この、年齢不詳の男女二人組の歌が、私はかなり好きだ。怠《だる》く心地いいメロディも、お菓子みたいに甘い女性ヴォーカルも、実はかなり筋肉質で、一筋縄ではいかない。草みたいな感じ。ちゃんと地面に根をはっていて、全身に葉脈が通っている。

そういえば、私が草取りをさぼっているので、我家の小さな小さな庭は目下草いきれでむっとするほどで、雨は庭にだしても尻《しり》ごみをする。丈高くびっしり生えた夏の雑草が、こわいらしい。

たしかに草は野蛮だ。野蛮で傍若無人。ちょっと目をはなすと、そこらじゅうに生えて自由に王国をつくってしまう。

ハイポジの歌は、それに似ている。野蛮で自由な、勝手で気持ちのよさそうな、子供じみた草。それは「しぶとさ」だと思う。

私は彼らの歌詞に、いつも心臓で泣く。

以前コマーシャルソングになったので知っている人の多い「あと何日?」もいいし、「がんがんやって　早くあきてね　がんがんやって　早くあきてね　がんがんやって、早くあきてね」とくり返す「身体《からだ》と歌だけの関係」はさらにいい。がんがんやって、を三回くり返したあと、四度目は、「早くあきてね」の前に「一緒のスピードで」という言葉がつくのだけれど、その声の放つ本質的な切なさには動揺する。周到だなあと思う。

「あなたはなんでもいい」は名曲だし、あ然とする歌詞の「ナミダハボーリョク」や「だいすきであるが故《ゆえ》の努力」もよくて、結局私はハイポジの曲を全部好きなのだろう。ウェットだったり感傷的だったりする心の揺れから目をそらさない姿勢と、でもそれを最終的にはきわめてドライに仕上げる知性とに、うならされる。「可笑《おか》しみ」というものを知っている、めずらしいアーティストだと思う。

雨は無論ハイポジの歌詞を理解しないが、もし理解できたら、あたりまえだよ、と言うのではないかしら。そんなの動物としてはあたりまえだよ、と。ハイポジも雨も、すこやかで切なく、野蛮なのだ。

4

メリー・コクランというアイルランドの女性歌手が好きで、小説にも曲を登場させたりしていたら、彼女の新譜にコメントを書く、という仕事をいただいて、そのアルバムが宅急便で届いた。メリー・コクランの新譜。内心すこしおどろいた。だって彼女のアルバムは、大きいCD屋さんでも滅多に置いていないし、この十年あまり、買うのにいつも苦労していたから。日本ではあんまり売れていないんだな、と、思っていた。

今度のアルバムは、全曲ビリー・ホリデーのカヴァー。私はメリー・コクランが好きで、雨はビリー・ホリデーが好きなので、二人でわくわくしながら聴いた。冒頭から雰囲気たっぷりで、それはそれは豊か。この酒場っぽさ、この骨っぽさ。

雨も私もたちまち「ゴキゲン」になった。

それできょうは、夜ごはんもそれを聴きながら食べた。雨のごはんは普段ドライタイプのドッグフードのみだけれど、「ゴキゲン」のときは勿論《もちろん》べつで、二人でおなじものを食べる。ただ、その場合のメニューは決まっていて、朝ならシリアル（「ブランフレーク」というのが好き）に牛乳をかけたもの、夜ならスクランブルエッグとトースト。雨用のスクランブルエッグは塩もコショウもバターもなしで作るけれど、それでもたぶん、獣医さんに言えば叱《しか》られてしまうだろう。コレステロールが高すぎるとかなんとか。

でもいいの。雨も私も、長生きより快楽を選ぶ質《たち》だ。それで、メリー・コクランを聴きながら、温かい夕食を一緒に食べた。身も心も、たっぷりと満足した。

「THESE FOOLISH THINGS」や「ALL OF ME」、アカペラの「STRANGE FRUIT」といった曲の収録されているこの二枚組のアルバムは、聴いているうちに人生がいいものに思えてくる。ピアノの音もなつかしくて、しっかりといい。

たとえば、一人で外国を旅していて雨に降られ、びしょ濡《ぬ》れになって夜のはじまりのカフェにとびこむと、そこは温かく、人がいて生活があり、にぎやかで、コーヒーやお酒やいためたガーリックの匂《にお》いなどもして、一人のまま、でもふっと安心する。それと似ている。

私はそもそもアイルランドの女性歌手が好きだ（男性歌手はあまり知らないので、知れば好きになるかもしれないが、ならないかもしれない）。おなじアイルランドでも、どういうわけかエンヤは苦手。シンニード・オコナーは好き。「THE LION AND THE COBRA」に出会って以来、ずっと追いかけている。あの鍛えられた肉体とスキンヘッドのシンニード・オコナーが消え入りそうに「Am I not your girl?」と歌う（『永遠の詩集』というアルバムに入っています）のなど聴くと、もうやられる。心細い少女を、彼女はあの鍛えられた身体《からだ》のなかにひそませているのだ。

わかった！　私の好きなアイルランド人歌手にエンヤが入らないのは、ある意味で少女っぽくないからだ。わずかに香水くさいというか、女っぽいというか。すくなくとも、裸足《はだし》の少女ではない。白い、きれいな靴下をはいている。

「いいもの聴かせてあげる」

食事がすむと、私は雨に言い、仕事部屋から『UNCERTAIN PLEASURES』

をとってきた。メリー・コクランのアルバムの中で、私にとってもっとも親しい、もっとも愛さずにいられない一枚。

雨は「いいもの」という言葉に反応して、ばたばたとしっぽを振っている。牛の肺を乾したものとか、豚のしっぽとかだと思っているのだ。私がプレイヤーにCDをのせると、あ、その類《たぐい》のいいものね、というような、ややがっかりした顔をする。でもすぐに気をとり直し、床にねそべって大人しく聴く。素直なのだ。

『UNCERTAIN PLEASURES』は、「WHISKY DIDN'T KILL THE PAIN」とか「I GET ALONG WITHOUT YOU VERY WELL」とか、「HEARTBREAK HOTEL」とかの入った完璧《かんぺき》なアルバム。メリー・コクランの声の魅力――ウイスキーでうがいをして育ちました、とでも言うような――をシンプルに味わえる。

メリー・コクランからイメージするのは、タフでお姉さん格の少女。午後から深夜までずっと聴いていたので、すっかりひたりきってしまって、私も少女めいた気分になり、あしたも世の中とちゃんと戦おう、と思った。

雨におやすみのキスをして寝室にいき、ベランダにでたら雨が降っていた。寒かったけれど、少女めいた勇気が湧《わ》いているところだったので、全然平気だった。半分濡れたコンクリートに裸足で立った。こうやって、私はまたつい、強くなってしまうのだ。

5

尾崎紀世彦《きよひこ》のCDを買った。私はこの人の歌唱が好きで、LPレコードで何枚か持っていたけれどいまはプレイヤーがなくて聴けない。ひさしぶりに彼の声をとても聴きたくなって、それに雨にも聴かせたくなって、買ってきた。『また逢《あ》う日まで』というタイトルの、これは彼のセカンドアルバム。

雨にブラシをかけてやりながら聴いた（雨はブラシ好きなので、ソファの上で大人しくしている）。

尾崎紀世彦の声は素敵。温かくて、安心な気持ちになる。雨も気に入ったみたいで、とくに「おす犬」という歌は嬉《うれ》しそうに聴いていた。

名曲「また逢う日まで」で始まり、名曲「雪が降る」で終るこのアルバムは、他にもたとえば「今・今・今」（タイトルだけでも素晴らしい）とか「別れの夜明け」（歌詞の一部はイタリア語）とか、絶対しみじみしちゃう「帰郷」とか、地味ながら印象的な曲がたくさん入っていて、若い尾崎紀世彦の魅力が炸裂《さくれつ》している。

私はこの人の、歌唱の年のとり方を素晴らしいと思う。古いアルバムを聴くとよくわかる。若いときのものと最近のものとでは、全然違う魅力がある。全然違うのに、でもそこには勿論《もちろん》みまがいようのない「尾崎紀世彦」がいて、しかもその「尾崎紀世彦」がパワーアップしている。

重要なのはパワーアップだと思う。年と共に技術をアップさせる人はたくさんいるけれど、パワーをアップさせられる人は少い。声量とか体力のことじゃなく、歌唱の「性格」のパワーアップ。たとえば私の大好きな沢田研二も世良公則《せらまさのり》も、「性格」のパワーアップという点においては尾崎紀世彦にとてもかなわない。

そして、やや逆説めくが、だからこそ若いころの歌唱がまたしみるのだ。

「尾崎紀世彦はすごいねえ」

私は雨に、そうつぶやく。ブラシをかけ終った雨は、ほんとうにつやつやできれい。

「きれいだねえ、かわいいねえ」

私は雨に言い、なでたり抱きしめたりする。

でも大変なのはここからなのだ。健康で、吠《ほ》えない、いい子の雨だけれど、シャンプーやブラシなどの手間は、日々人一倍かかる。ブラシのあとは、耳の中を消毒用コットンで拭《ふ》いて耳薬をたらさなくてはならない（雨はこれが大嫌い。部屋じゅう逃げまわるので、毎日追いかけっこになってしまう）。

獣医さんが言うには、コッカスパニエルおよびアメリカン・コッカスパニエルの98パーセントが耳の病気になるのだそうだ。

歯垢《しこう》および口臭の予防のために、ロープの玩具《おもちゃ》をくわえさせてひっぱりっこする、という必要もある。この玩具と「タータコントロール」というビスケット、それから「歯みがきロープ」という名前のおやつのお陰で、いまのところ雨の口の中はきれい。

いずれにしても、厚ぼったい耳をぶらさげ、大量によだれのでる、細く長くからまりやすい毛におおわれた犬種の雨を、清潔に保つのは至難の業だ。

雨は私をじとっと見る。

「何するんだよ」

という顔をする。

「いやだなあ、もう。ほっといてくれよ」

という顔を。雨はおそらく、きれいだねえとか言ってなでまわされたくないのだろう。でも、だからといってほっとくわけにはいかない。ほっとくと、雨はすぐ使用後のモップみたいになるから。

かわいそうに、とときどき思う。ケモノなのに「歯みがきロープ」なんか食べさせられて、シャンプーのあとで「OH MY DOG」(そういう名前の犬用オーデコロンを売っているのだ)なんかつけられちゃって、かわいそうに。

私は思うのだけれど、室内で動物を飼うということは、人間の都合と動物の野性とのせめぎあいなのだ。

尾崎紀世彦は「さよならをもう一度」を歌っている。これは歌詞がふざけていて、もし自分が誰かにこんなことを言われたら、ふざけるんじゃない、と言って殴ってやるだろうと思うのだけれど(どういう歌詞かというと、「明日のために　別れようね　このままいると　こわれそうな　二人だから　はなれるのさ　いつか逢える

きっと逢える　さよならは　愛のことばさ」）、尾崎紀世彦に歌われると、いいのだ、これが。

さよならは　愛のことばさ。

「いい歌だねえ」

しみじみと、雨と言いあった。

「尾崎紀世彦が犬だったら、きっとグレート・デーンだね」

私は言い、

「でも私はアメリカン・コッカーがいちばん好きだよ」

と、一応つけたす。

そして、なぜだか不思議な確信を持って、

「でもあの人も、きっとグルーミングにすごく手間のかかる洋犬タイプだな」

と、思うのだった。

6

きょうも雨。散歩にいかれないので、雨は機嫌が悪い。雨と私は、小雨くらいなら散歩にでてしまう日（そういう日、雨は濡《ぬ》れそぼったヤギみたいになる。どういうわけかヤギに似るのだ、たとえば羊ではなく）のだけれど、ここ数週間の雨は、降れば土砂降りなので外にでられない。

庭に面したサッシ窓をあけてやると、雨は、いつものように庭にでるべく走ってきてふいに止まり、そのままじっと、雨をみている。雨の匂《にお》いをかぎ、雨の音をきく。そしてやおら、「ブフッ」とも「ガフッ」ともつかない大きな音の鼻息を吐き、部屋の中に逆もどりする。

「なんだ、雨か」

そう言うときの雨は、なんだかオヤジじみていて可笑《おか》しい。

散歩にいきたいよう、と言って、散歩紐《ひも》を置いている棚の前に座って甘え鳴きをするときの声は子犬じみているのに、なんだ、雨か、と言うときの鼻息はいばったオヤジみたいなのだから、雨はほんとにゲンキンで可愛《かわい》い。私は、雨ほど性格のいい犬を他に知らない。

それにしても毎日毎日雨。私も雨も不規則に暮らしているので、うたた寝をして目をさましたとき、明け方なのか夕方なのかわからないお天気は嫌い。

こういう日に愉《たの》しい音楽を聴くと余計つまらなくなるから、陰気でない程度にしっとりした音楽を聴こう、ということに決まる。

スティングを選んだ。

この人の曲はしっとりしているけれど力強く、遠くに日がのぼる感じの希望がみえるから好き。

ヨーロッパの街角を思いだす。古い、石の建物ばかりの。時間は午後三時五十分くらいで、雨上がりで、やっと薄い日がさしてきたくらいの。一人旅をしている若い人みたいな気持ちになる。薄い日ざしで肌寒いのに、まるで、さあ日ざしだ、日光浴だ、とでもいうように、ヨーロッパの旅行客たちは機嫌よさげで、男の人ならタンクトップを、女の人なら花柄のサマードレスを着ていたりする。くどいようだけど、肌寒いのに。

一人旅の人は、よく腰掛ける。それも、椅子《いす》じゃないところに。塀とか柵《さく》とか階段とか、ともかくちょっと立体的で頑丈な場所に。腰掛けて本を読んでいる人もいるが、たいてい何もせず、他のひとたちをみている。あの気持ち。自由だけれどやや沈んだ、かといって全然淋《さび》しくはなく、むしろとても陽気と言いたいような、あの気持ち。

スティングの曲は、それを思いださせる。

やがて夜がくる。一人旅の人は、軽い食事のできるバーに入る。そのバーでは、誰も彼もビールをのんでいる。宵の口だからじゃなく、深夜になってもビール。何本でものむの。そのようなバー。みんな、この世にワインだのウイスキーだのカクテルだのというものがあることさえ知らない、という顔をしている、そのようなバーだ。黒板に書いてある TODAY'S SPECIAL は、クラムチャウダーとハンバーガーだったりする。

倦《う》んでいて自由な、孤独だけれど淋しくはなく、夜はまだまだながくて、必要最低限のものだけを持っている、不思議なぐあいに温かい、あの気持ち。

ここ十数年、スティングが来日すると、必ず妹と聴きにいく。そのたびに、暗く狭い（精神状態ではなく、脳の形状として）頭の中に、窓だかドアだかがあけられて外気が入ってくるみたいな気がする。

スティングの声には、人を遠くへいざなう力があると思う。パーマネントを信じさせない力というか。

「BRAND NEW DAY」を聴いて、「FIELDS OF GOLD」を聴いた。この人は、ポリスのころと全然変わらない。私はスティングの、無駄のない外見も好き（妹はそれを、私が「筋肉好き」だからだと分析する）。

「私に車の運転ができたらねえ」

私は雨に言う。

「そうして飛行機に犬を乗せるとき、荷物室なんかじゃなく座席に乗せてくれるんだったらねえ」

そうしたら雨に、いろんなところをみせてやれるのに。世界中一緒に旅をするのに。そうできたらどんなにいいだろう。

私たちはアジアにもアフリカにも、ヨーロッパにもアメリカにもでかける。雨はゲンキンな性格だから、大きな都市では気取って歩くだろう。海に連れていったら怯《おび》えるかしら、泳ぐかしら。私たちはどちらも暑がりなので、タイやヴェトナムではちょっとぐったりしてしまうかもしれない。でも景色の鮮やかさにつられて外にでてしまう。疲れたら、自転車の人力車みたいなのに一緒にのる。日陰で果物のジュースを半分ずつのむのだ。

ほんとうに、そうできたらいいのに。

私は雨を膝《ひざ》にのせて思いをめぐらす。

「いつかね。たぶん、いつか」

今夜はスティングを聴きながら、雨と一緒にリビングで寝よう。

7

強い気持ちになる必要がある、と感じたので、散歩から帰るやいなや、シェールを探した。青いジャケット写真の、八十年代後半によく聴いていた気に入りのアルバムがあるはずなのにみつからず、『CHER'S GREATEST HITS : 1965～1992』というのをひっぱりだして聴いた。このアルバムも名盤。ジャケットからして素晴らしいのだ。ワイルドでレトロな赤毛のかつらをつけたシェールが、黒いレースのボディスーツと網タイツ、という恰好《かっこう》で、くねっとしたポーズをとっており、でも挑発的に正面を向いた細い顔はアビシニアンみたいに毅然《きぜん》としている。写真の背景は、甘いピンク地に黒のレース。

私はシェールという歌手が好きで、女優としての彼女ばかりが——しかも、パーティでの奇抜な服装とか、全身にたびたび施されたらしい整形手術とかの話題ではかり――取り沙汰《ざた》されていることがやや不満。

シェールの歌は、耳と心臓に気持ちがいい。古い表現だけれど、すごくパンチが効いている。それも、おいしい中華料理みたいなトラディショナルなパンチ（へんな比喩《ひゆ》だな。でも、たとえば、ライトでいまふうの、辛いだけの国籍不明エスニック料理みたいな軽薄なパンチじゃ絶対ないと思う）。

雨も気に入るだろうな、という予想はできた。雨は声量のある女性ヴォーカルが好きだし、はじめはオペラにしか反応しなかったのが、このごろはもっと体温の低い感じのものにも反応する。

「どう？」

私は雨に訊《き》いてみる。

「マイナーコードの力強さを感じない？」

声にちゃんと生命力がある、と、雨はこたえた（ような気がする）。

「それにしてもいやんなっちゃうよね、ほんとに失礼しちゃう」

私は不愉快な出来事を思いだし、雨に言う。言葉にしたことでまたしても憤慨がよみがえってしまう。強い気持ちになる必要がある、と感じてシェールを聴いている、その原因になった出来事だ。

簡単に説明すると、雨と私はいつものように近所を散歩していた。床屋の前を通りかかったとき、いきなり床屋から男の人がとびだしてきて、

「犬のフンをちゃんと持っていけっ」

と、怒鳴った。私も雨もびっくりしてしまった。男の人は大変に怒った様子で、私は叱《しか》られるのが大嫌いだし、知らない人に強い調子で物を言われたり言ったりすることに不慣れなのでひるんだが、雨はフンなどしていなかったので、これは雨の名誉にかかわることだ、と思い、持ち合わせの少い「士気」を「鼓舞」して、

「どのフンですか」

と、訊き返した。男の人は周囲を探して、

「そ、それだよっ」

と言った。「そ」はダブルだった。

見ると、街路樹の根元にひからびたみたいな小さなそれが一つ、あった。動物を飼ったことのない人にだって、それが今日やきのうされたものではないことはわか

ったと思う。とても古めかしい様子をしていたもの。

私と雨が茫然《ぼうぜん》としていると、男の人は、

「いい加減にしろよなっ」

と言い捨てて、店にばたんと戻ってしまった。私が憤慨したのはこのときで、目の前で閉められた扉をあけ、

「いい加減にしてほしいのはこっちだ！」

と怒鳴りたい気持ちだった。大げさじゃなく、一分くらい、私は店の前に立って途方に暮れていた。怒りの持っていき場がなかった。この男の人は、たしかに犬のフンに悩まされているのだろう。店の前にそんなものを置いていかれちゃあ、そりゃあ困るだろう。でも、そういうことが何度あったにせよ、それは雨じゃない。

雨は状況が理解できず、そわそわして、早く行こう早く行こう、と歩きまわっていた。私は男の人の言ったフンをとっていくべきかどうか迷った。それをとっていくのなんて簡単なことだ。ひからびてるし。でも、この場合、とったら雨がしたみたいに思われるかもしれない、と思った途端に、絶対とるまい、と決め、

「なんなの、いまの人」

と声にだして言った。そして、

「気にすることないのよ」

と、全然気にしていない様子の雨に一応声をかけて、帰ってきたのだった。

それでも釈然としないのは、たぶんもともと気がとがめているからだな、と思う。雨のうんちは勿論《もちろん》全部持って帰ってトイレに流しているが、それでも多くの人にとって、家の前でされること自体不快なのだろうと思う。きょうの床屋はたまたま全くの濡《ぬ》れ衣《ぎぬ》だったけれど、それにしてもべつの場所で、排泄《はいせつ》はちゃんとするのだ。散歩をしてると、いろんな人に会う。犬が好きな人にも、犬が嫌いな人にも。仕方ないのだ。うんちは持って帰れるけれどおしっこは持って帰れない、ということもある（一年くらい前、やっぱり散歩をしていて、いき合ったおばさんに、「うちの前でおしっこなんかさせないでね」と言われたことがある。どこがあなたのうちですか、と、訊こうと思ったが訊けなかった）。

雨は元気に散歩を続けた。胸を張り、短いしっぽをびゅんびゅん振って歩く姿はすばらしく可愛《かわい》い。

私はわけのわからない悲しい気持ちになどとらわれているべきじゃない、と、そのとき思った。世間はきびしいが、雨は私が守る、と。

シェールを聴くと、ほんとうに強い気持ちになれる。「MANY RIVERS TO CROSS」とか「JUST LIKE JESSE JAMES」のような、歌詞からして勇ましい曲ばかりじゃなく、「IF I COULD TURN BACK TIME」や「BANG BANG」のような恋の終り、未練ありの歌詞の曲でも、どういうわけか強い気持ちになってしまう。彼女の歌う歌の中には、いつも体あたりの一人の女がいるからだと思う。

8

ようやく少し涼しくなったので、朝のコーヒーがおいしい。スザンヌ・ヴェガを聴きながら、雨と一緒に(雨は水を)のんだ。

秋になると、スザンヌ・ヴェガ的なものが欲しくなる。人が発散する気配やエネルギーを、きちんと落ち着かせてくれるようなもの。

私は『SOLITUDE STANDING』というアルバムがいちばん好きで、いちばんよく聴く。これを流していると、部屋の中が雨の日みたいな感じになる。楽器なしで声だけの「TOM'S DINER」は古い知り合いみたいにほっとさせるし、「おいしい鶏肉《とりにく》はこちらです。胸肉に、もも肉に、心臓……。背肉は大安売り」という部分がすばらしい「鉄の街」も、恋愛において言葉がどんなに役立たずかを水のようになめらかに歌う「ことば」も、みんないい。

スザンヌ・ヴェガの曲は、自意識の強さに支えられていると思う。こざっぱりしたアコースティックなので聴きやすいけれど、実は小骨の多い魚みたいにひっかかる。

「このアルバムばっかり聴いていたころがあってね」

私は雨に話しかける。

「そのときはお前はいなかったね」

記憶と、そのときには全く知らなかった現在の自分とのギャップを、私はたのしいと思う。時間がたつのはすてきなことだ。たとえばかつては存在しなかった雨が、いまは存在する。

床に部分的に箒《ほうき》をかけたり前日の郵便物を開封したりしながらの、全然優雅じゃないけれど雨と一緒の、いつもの朝のコーヒーをのみながら、流れるところに流れていこう、と、思った。雨もいるし。

すこし前にサマーカットしたので、雨はいま全身の毛が短く刈り込まれている。刈り込まれた雨は、中くらいにずしりとした、余計なおうとつのない行儀のいい体格があらわになって、かわいい。よりぬいぐるみじみる感じ。触るとたちまち体温が伝わってくる。

それに、毛を刈った直後だけの、特別なことがある。雨は茂み探索に熱心なので、早朝に散歩にいくと、体じゅうに朝つゆがつくのだ。毛が長いとぺたりと濡《ぬ》れるだけなのだけれど、刈りたてのとき、つゆはきれいなまるい玉状になって毛の先にじっとしている。雨は体のあちこちにたくさんその玉をくっつけて、早朝なので誰もいない道を、胸をはって歩いていく。

「冬もサマーカットにする？」

毛の短い雨を今年はもう見られなくなるのが惜しくて、私は訊《き》いてみる。雨は、どちらでもいい、と、こたえた。

私は梨《なし》をむき、一切れだけ雨にもわけてやる。

「もう秋だね」

私の言葉に、雨はしっぽを激しくふって応《こた》える。でもそれは、梨がおいしくてふっているのだ。秋生まれの雨は、自分が秋に生れたことを知らない。

スザンヌ・ヴェガは、淋《さび》しい温度で歌っている。

「この温度がね、いいでしょ」

私は雨に言う。そして、雨の知らない時代の、知らない場所の、なつかしい出来事をいくつか思いだす。

かつて一年間だけ働いていた書店で、雨の日はお客さんがすくなくて、カウンターの内側にすわって本を読んでいてもよかったこと、ガラスごしにおもての通りが濡れるのをみていたこと、奥の事務所が書店の匂《にお》いではなく図書館の匂いだったこと、おなじ場所で働いていた年上の女の人たちのこと。

あるいはまた、いろんな国の人たちと一緒に受けた英語の授業のこと、ひと気のないホールのベンディング・マシンがたてるけたたましい音や、住んでいた家の裏庭の芝生、一人で街にでても、所在なくてすぐにデリやカフェに入ってしまったこと。

スザンヌ・ヴェガは、私にそのようなことを思いださせる。自分が「男性」にも「家族」にも「職業」にも属していないと感じていたころの自意識を思いだすのだ。

秋の朝、音楽は私たちの心身に降る。私にいろんなことを思いださせるそのおなじ音楽が、刈り込まれた雨の皮膚や血管に、すーっとしみこんでいくように思えた。

9

雨の顔は四角い。ボルゾイやアフガンは極端だとしても、他の多くの犬種の犬が——柴犬《しばいぬ》だってダックスフントだって——、鼻先へ向かってほっそりしていく三角の輪郭を持っているが、雨は違う。

雨の顔は四角くて、おまけに口のまわりの皮があまっている。だから大きなものをぱくりとくわえると、皮がおもいきりのびておもしろい顔になる。大きな骨ガムなどくわえると、口のわきが横に十五センチものびるのだ。おもしろいので、私はしょっちゅう笑ってしまう。

「何て変な顔!」

率直に指摘しても、雨は気にしない。変な顔のまま短いしっぽをふり、

「何か用？」

と、私を見上げる。私はそれを、気高いと思う。雨にはいやしいところがない。皆無だ。平気で思いきり変な顔になる。

雨のそばにいると、だから私は満たされてしまう。たいらかな心持ちになる。何て変な顔、と言って笑いながら、でも自分が笑うのは可笑《おか》しさのせいというより幸福のせいだとすぐに気づく。実際、好きな人（ないし人々）といるときの私はよく笑う。嬉《うれ》しくて笑ってしまうのだ。

私は雨をなでて、雨にキスをする。雨の頭のてっぺんや、不恰好《ぶかっこう》にふくらんだ口元や、あたたかい胴体に。雨は一応しっぽをふって応《こた》えるが、それ以上私にかまってはくれない。骨ガムで手一杯なのだ。

たとえばマドンナの「AMERICAN PIE」なんかを聴きながら、雨のいる部屋の中で笑っているそういうときは、私にとってほんとうにGROLIOUSだ。お互いに、あたりまえのこととしてそこにいるんだもの。それはたいてい夜で、私たちはどちらも食事をおえている。

音楽について不思議に思うことの一つに、ときとして音楽は灯りになる、ということがある。レコードなりCDなりから最初の音がこぼれ落ちた瞬間に、そこに灯りがぽっとともる、あの感じ。だからこうして音楽を聴いているとき、私たちのうちの窓は、外から見ると、よそよりひときわあかるく見えるだろう。

昔、「Tears are on my pillow とくり返す、思いきり甘いのに向こう気の強そうな声の女性歌手の曲がラジオから流れてきて、いいな、と思ったことがある。ディスクジョッキーが、いまのはマドンナでした、と言ったような気がしたが、はっきりとはわからなかった。レコード屋に行って探してみたが、それらしい曲はみつからなかった。もしほんとうにマドンナの曲だったとすれば、あれが私とマドンナの出会いだったことになる。

その後、マドンナの曲をとくにいいと思ったことも好きだと思ったこともなかった。強烈ではあるけれど破綻《はたん》がなく、まとまりすぎている、と思っていた。「AMERICAN PIE」を聴くまでは。

私も雨も、この曲が大好き。『MUSIC』というタイトルのCDの十一曲目に入っているので、十一曲目だけリピートにしてずーっと聴いたりもする。ずーっとここにいたい、と思わせる場所につれていかれるのだ。乾いた草の匂《にお》いがする。'chevy

とlevee、dryとrye、pieとdie、storeとbefore、というきびきびと韻を踏んだ歌詞が耳に快いし、つい一緒に歌いたくなる。

『THE NEXT BEST THING』という映画の中で、マドンナ扮《ふん》する主人公がこの曲を口ずさむ。墓地で、ゲイの夫の男友達の葬儀の場面で。

「AMERICAN PIE」がドン・マクリーンという男性歌手のヒット曲のカヴァーだということを私は知らなかったので、知ったときにはおどろいた。とてもマドンナに似合っている気がしたから。似合っているというのは、破綻のないことの美しさが、この曲によって十全に発揮されているということ。とても自然だ。シボレーを走らせて土手まで行った、とか、昔の仲間がウイスキーをのんでいた、とか、いわれてみれば男性の一人称的な歌詞ではある。サビは、バイバイ・ミス・アメリカンパイだし。でもマドンナが歌うと、そういう女がいてもいいような気がしてくる。

「ドン・マクリーンのもね」

私は雨に説明する。

「聴いてみたらドン・マクリーンの原曲もね、そりゃあそうでした、という味わい深さなの。土っぽくてあたたかい。マドンナよりおちついた感じ。でもマドンナのはそこに、ある種の無防備さが加わるからセンティメントがより際立《きわだ》つ感じ。とてもきれいじゃない？」

雨はまだ骨ガムをかんでいる。じゃあ今度ドン・マクリーンのも聴かせてよ、と言ったような言わなかったような。

部屋の中は音楽のせいであかるくてあたたかい。私は韻を踏んだリズミカルな歌詞を、わかるところだけくり返す。Bye-bye Miss American pie, drove my chevy to the levee but the levee was dry……

10

雨がほんのすこし大人になったのは、いつだっただろう。いままでにいろんな犬を飼ったが、子犬のころの雨ほど全身全霊で周囲のものを「遊び壊す」犬はいなかったし、その底知れぬ熱意とエネルギーは、困惑も怒りも通りこし、心配さえ通りこして私を神々《こうごう》しい気持ちでみたしたものだ。

勿論《もちろん》、雨はいまでも決して物静かな犬ではない。興奮屋だし破壊屋で、スリッパなら五分、靴下なら三分でぼろぼろにしてしまう。でも、壊したものを食べなくなった。これはほんとうにほっとすることだ。

以前の雨には、食べられるものと食べられないものの区別が一切なく、ビスケットを箱ごと(中のセロファンもろとも)半分食べてしまうとか、毛布の縁を一晩がかりで一辺分食べてしまうとかはまだいいほうで、電気のコードを食べちぎってのみこんだり、夫のフロッピーディスクをがしがし噛《か》んで、残骸《ざんがい》がどう考えても少なかったときには恐怖した。

でも、獣医さんにかけ込むとき、恐慌《きょうこう》をきたしているのはいつも私で、雨はきょとんとしていた。診察台の上でしっぽをふり、

「元気そうですね、まあ、大丈夫でしょう」

というご託宣をもらって意気揚々とうちに帰るのだった。

おそらく二歳をすぎたころから、そういうことがなくなったように思う。ちょっと大人になったのだ。私は雨を膝《ひざ》にのせ、成長したねと、ほめてやる。なんでもかんでも食べてしまうなんて危険この上ないし、その危険を自分で回避できるようになったのは喜ばしいことだ。

ほめられて、雨は満足そうに鼻息を吐く。体温の高い十三キロの体を、私の足の上にどしんと、ゆうゆうと横たえて。

成長、という言葉に含まれる喪失、ある種のかなしみは、私が雨と共有できないものの一つだ。雨に訴えるわけにはいかない。

「たのしく暮らしてる?」

私は雨に訊《き》いてみる。

きょう雨と聴いたのは、スリー・ドッグ・ナイト。この男性三人組について、私は何も知らないし、CDも一枚しか持っていない。六十年代のおわりから七十年代にかけて活躍したバンドであるらしい。顔写真入りのジャケットも、すごく古めかしい。

でも、私はこの人たちの歌う「JOY TO THE WORLD」と「BLACK AND WHITE」を、雨にもぜひ聴いてほしいと思っていた。とくに前者は愉快なので、雨はきっとゴキゲンになる。それはこういうふうに始まる。

Jeremiah was a bullfrog/ Was a good friend of mine/ I never understood/ A single word he said/ But I helped him drink his wine/ And he always had/ Some mighty fine wine.

世界に喜びあれ、というタイトルのこの曲には、ほんとうに気持ちのいい祈りが込められていると思う。シャウトであるところも好き。

メロディがしっかりしていて、楽器の音がしっかりしていて、歌がしっかりしている、というのが、私がスリー・ドッグ・ナイトに対して抱いている印象。なんだろう。この人たちの曲には、「曲」というより「歌」と呼びたい感じがある。ＣＤで聴いていても、「聴いている」というより「聴こえてくる」といいたい感じがある。ああ、歌ってるな、と思う。彼らがどこかで歌っていて、それがここに聴こえてくる、という感じ。私はそれが気にいっている。

よく行くバーで聴いたのが最初だった。二年くらい前で、曲は「OLD FASHIONED LOVE SONG」だった。

「誰が歌ってるの？」

私が訊くと、バーのマスターはにっこりして、

「スリー・ドッグ・ナイトです」

とこたえた。私は自分が「誰の曲？」ではなく「誰が歌っているの？」と訊いたことをよく憶《おぼ》えている。

雨は、新入りの玩具《おもちゃ》の「メイン州の燈台《とうだい》」をかみながら、機嫌よく音楽を聴いている。自分がちょっと大人になったことも、それを私がわずかに淋《さび》しく思っていることも、雨は全然気にしない。その健やかさに私はあっさり胸を打たれる。私も雨

も自分で生きて、自分で老いていかなくちゃいけないのだ。ちょうど、スリー・ドッグ・ナイトが「ONE」という曲の中で「One is the loneliest number/ That you'll ever do/ Two can be as a bad as one/ It's the loneliest number/ Since the number one」と歌っているように。

11

雨のいない部屋の中で、ARICOの『BLUE SKY ON THE PARK』を聴いている。このひとの弾くピアノを聴くと落ち着く。落ち着くというより、淋《さび》しくなる。まわりに人っ子ひとりいない場所につれていかれる。心細いことは心細いのだが、よく考えるといっそあかるく、子供みたいにしっかりした気持ちになってしまう。曇りのないあかるさ、雪みたいにつめたいあかるさだ。

すこし前に「動物園」というタイトルの短編小説を書いた。それを書いているあいだずっと、何日も何日もこのCDばかり聴いていた。「動物園」という小説とこのCDのピアノの音は、私の中で、すこし似ている。

あしたから私は一週間ほどロンドンにでかける。まだ何の荷物もつめていないが、仕事だし、チケットはもう送られてきているので、朝になったらでかけるのだ。

この十年くらい、海外にいくのはいつも仕事の用事なので、自分で手配をしていない。それは贅沢《ぜいたく》なことかもしれないが、同時に大変奇妙なことで、私はたいてい実感の希薄なまま、「ほんとうに行くのかしら」と思いながら、気がつくと飛行機に乗っている。

きょうは、昼間、雨を実家の母に預けてきた。実家にはスノウという名前の白いロングヘアチワワがいて、雨とはほぼ同い年で仲がいい。

国内の、一泊や二泊の旅行のときには、雨は近所の——といっても歩いて一時間以上かかるのだが——ペットホテルに預けることにしている。でも一週間以上の旅のときは、さすがに可哀相《かわいそう》で実家に預ける。家の中にいつも人がいて、遊び相手の犬もいるあの家は、甘えたがりの雨にとって、ホテルより（というより自分の家より）快適だと思う。母が、「ちょぴっと」とか言いながら、フィレ肉などやってしまうし。

この家はがらんとしている。遊ぼう遊ぼう、と言ってまとわりついてくる雨がいないので、私は時間と空間を持て余してしまう。

全く勝手でばかげている、と思うのだけれど、自分の都合で雨を預けておきながら、雨のいない家に帰ると愕然《がくぜん》とする。雨がいないんだもの。私は自分が雨を捨ててしまったような気がする。そこらじゅうに雨の持ち物——黄色い毛布や青いお皿や、ブタの玩具《おもちゃ》やアヒルの玩具、夥《おびただ》しい数のボール——が散らかっている。それをのろのろと片づけて、コーヒーでもいれようと台所にいって、電気をつけた途端に台所の隅に赤い玩具——ゴム製の、ソフトクリームの上部みたいな形をした妙な玩具。雨は最近これが気に入っている——を発見し、私はほとんど狼狽《ろうばい》する。お気に入りのものはみんな持たせたはずなのに、赤い玩具を忘れるなんて。

私はすぐに母に電話した。

「雨は元気？」

「元気よ、いま見たでしょう？　ママが元気かどうかもたまには訊《き》いてよ」

「だっていま会ったじゃないの。それより雨何か探してない？」

「何かって何？」

「赤い玩具。持っていくのを忘れちゃったの」

母は軽蔑《けいべつ》したように「はん」という声をだす。

「大丈夫よ、雨は。ハリネズミだのゾウだのしましまのものだの、ゴマンと持って来てるんだから」

しましまのものは燈台《とうだい》だ、と母に説明し、私は電話を切ったのだった。

ARICOのピアノを聴きながら、私は一体いつからこんなに弱っちい有り様になってしまったんだろう、と考える。

いい子にしてるのよ、と言って、私が雨を置いて帰るとき、雨はいつも遅まきながら状況に気づく。エッ、僕を置いて帰るの？　そして、ものすごい悲鳴をあげる。くうんくうんくうんきゃあーん。

でも勿論《もちろん》それは長く続くものじゃない。私が帰って五分もすれば、「フン」と鼻を鳴らして憤慨を表明し、やがて遊び始める。小さな白い珍しい友達にちょっかいをだし、ソファにとび乗り、「ソファ保護」のために母がかけたシーツをがりがりとひっかく。部屋の中をくまなく検分し、乾いた雑巾《ぞうきん》でもみつければぼろぼろに裂いてみる。いただきもののお菓子の箱でもみつければ、周到に甘え鳴きをして「ちょびっと」もらう。

いいぞ、と、今度は一転して誇らしい気持ちに私はなる。淋しさなんて世界とおんなじなんだから。いつもまわりじゅうにただあるんだから。

『BLUE SKY ON THE PARK』を聴くと、そのことが感覚として理解できる気がする。そして、世界のそのつめたく研ぎ澄まされた淋しさの中でだけ、自分の内側の「熱」がわかる気がする。

12

シンプリー・レッドを聴きながら、これを書いている。シンプリー・レッドは、新しいアルバムがでれば必ず買う。なつかしさと新鮮さをいっぺんに味わえるから。『BLUE』は、なかでも好きな一枚だ。音のなにもかもが適切で、心地よく、軽やかで、適度に甘く、のびやか。全編いいのだけれど、一曲目の「MELLOW MY MIND」は、目をつぶって聴くとおもしろいほど身体《からだ》ごとひきこまれる。Lone-some whistle on the railroad track という歌詞の部分は、とくに強く。どこまでもまっすぐな線路が、目に見える感じ。その風景は、私の中でなぜか早朝で、空気が澄んでいて、まわりに誰もいないプラットフォームからの眺めだ。

六曲目の「SOMEDAY IN MY LIFE」も、八曲目の「NIGHT NURSE」も、

十三曲目の「HIGH FIVES」も好き。

好き好きと言うわりには、でも私はこの人たちの曲のタイトルをあんまり憶《おぼ》えていない、ということに、いま気がついた。全部が、清水が湧《わ》いて流れるみたいに心地よく、カヴァー曲も含めて、どうしたってシンプリー・レッドの味と気配と手触りなので、それだけでいいし、区別が上手《うま》くつかない。私はそれを、ほんとうに素晴らしいと思う。それこそ彼らの音楽の底力だ、と。底力のあるものは信用できる。たとえばケニー・Gの曲を聴くときも、私はおなじことを感じる。曲名はどうでもよくて、もうほとんど最初の音だけで、あ、ケニー・Gだ、と、わかる。音はみるみる湧いて流れて、私の細胞をひたひたと濡《ぬ》らす。それからたぶん、桑田佳祐《けいすけ》の曲にもその底力がある。

一緒に音楽を聴くとしばしばそうであるように、私は雨に、シンプリー・レッドの別のアルバムも聴かせたくなる。『PICTURE BOOK』をかけ、『A NEW FLAME』をかけた。

『A NEW FLAME』に収められた「IF YOU DON'T KNOW ME BY NOW」は名曲中の名曲で、これだけは勿論《もちろん》タイトルも、忘れようにも忘れられない。書きたくないが、イントロだけで、私はたちまち泣きたくなる。

はじめて聴いたとき、この曲の美しさに茫然《ぼうぜん》とした。こんなに美しくてかなしいラヴソングはない、と思った。カヴァーだそうだけれど、これはもう断然シンプリー・レッドの曲だ、と私は思う。ミック・ハックネルの声なしでは決して成立しないもの。

はじめて聴いたとき、私は二十代半ばで、If you don't know me by now, you will never never never know me という感情を、おそらく実際に誰かに持ったことはなかった。実際に誰かにその感情を持ち、しかも never はどう考えても三度いる、ということまでわかったのはもうすこし後のことなのだが、それにもかかわらず、その切るようなかなしさと、それなのに確実に存在する愛《いと》おしさは曲から全面的にわかった。自分では知らなくても。

それにしても茫然とする歌詞だ。If you don't know me by now, you will never never never know me とは。淋《さび》しくてびっくりする。旋律はどこまでも甘く、やさしいし。

雨は私の膝《ひざ》の上でじっとしている。

きょうは二度の散歩のほかに、近くの煙草《たばこ》の自動販売機まで一緒にでかけたし、ボール投げもハリネズミくん噛《か》みもたくさんしたので機嫌よくくたびれているのだ。さっき満足のため息をついた。

雨の満足のため息は、不満のそれと、あきらかに違う。大きく深く、いかにも満足気で、ほとんど背中までふるわす。投げだした両足の上でそれをされると、私はもうすっかり嬉《うれ》しくなってしまう。床にすわった私の両足の上、というか、上に半ばのっかり、あいだに半ばはさまって、雨はゆうゆうと横たわっている。

雨が子犬だったころ、まだこんなに重くなかった雨を、やっぱりこうやって膝にのせて絵本を読んだ。雨は絵本が好きだったので、読んでやってもじっと聞いていたりせず、身をのりだして頁《ページ》を舐《な》めたりひっかいたり、カヴァーを破いたり、表紙の端をがしがし噛みしだいたりした。でもそうやって絵本と格闘したあとで、ちょうど私たちがおもしろい本を読みおえたときに心の中でつくような深い満足のため息を、雨はついたものだった。大きく深く、やはり背中までふるわせて。

そんなことを思いだしながら、私は真夜中に、雨とシンプリー・レッドを聴いている。絶望的に淋しく、眠いほど甘い、美しいラヴソングを。

13

雨はひとり暮らしをしている気でいるんじゃないかしら、と、ときどき思う。私は外出がちだし、家にいるときも二階で過ごす時間が圧倒的に多い。仕事部屋とお風呂場《ふろば》が、両方二階にあるからだ。

せめて眠るときくらい、と思って一緒に寝ようとしたことが、三度あるが三度とも失敗した。

寝室も二階にある。そして私は雨を飼うときに、犬を二階につれてこない、という約束を夫とした。約束は守らなければならない。

でも、なのだ。でも、特別淋《さび》しい夜は別。夫がいないとき、ベッドに雨を入れたって、翌日シーツを全部洗えば絶対わからないはずだ。

「内緒だからね」

私は雨に何度も言い、雨は、

「わかってる、わかってる」

と言うように、期待に目を輝かせて私を見上げ、ばたばたとしっぽを振った。

ドアをあけ、

「二階にあがってもいいよ」

と言うと、雨は嬉々《きき》として階段を駆け上がる。まっしぐらに寝室にいき、ベッドにとびのる。シーツをひっかいたり、布団《ふとん》に顔をこすりつけたり、その場でぐるぐるまわったりする。私がベッドに入ると、顔を舐《な》めてくれる。

「わかったから、もういいの、寝ようね」

私が言っても、雨は全然聞いていない。喜んだりころこんだりしている。仕方なく、私は雨とすこし遊んでやる。マドレーヌちゃんで人形劇をしたり、ベランダにでて星をみたりする。

「一緒がいいね。嬉《うれ》しいね」

私は雨にたびたび言う。雨もその都度全身で、

「うん嬉しい」

とこたえる。

そのあとベッドに入って電気を消す。雨が十五秒じっとしていてくれたら眠ってしまう、というくらい私は寝つきがよく、かつ眠いのに、雨は五秒とじっとしない。布団から出たり入ったり、私の顔の横、枕《まくら》の下を掘ろうとしたり、ベッドからおりてはまた上がったり（しかも雨は、無人のベッドにはとびのれるが、人の寝ているベッドにはとびのれない。かわりに甘え鳴きをする。「のせてのせてのせて」それで私はベッドからおりて、雨を抱きあげてやらなければならない）、カーテンを鼻でおしあけて窓から外をみたりする。

普段と違う場所にいるので落ち着かないのだ。

一度目は、ここで私が先に寝て、失敗した。雨は眠れなくて退屈したらしく、私のスリッパと、携帯電話の充電器をぼろぼろにした。さらなる破壊活動中に私が目をさまし、雨は小言と共に一階へ「強制送還」となった。二度目は私も学習し、スリッパも含めて何もかもを、雨には届かないチェストの上にのせておいた。すると雨は暇を持て余し、暗闇《くらやみ》の中で私を舐めたりひっかいたりし続けた。ねえ遊ぼう、というわけだ。根くらべになった。雨のエネルギーは無尽蔵なので、またしても私は挫折《ざせつ》して、雨を一階に戻した。

そして三度目。

「一緒に寝る?」

と訊《き》くと雨はしっぽを振って二階に駆け上がり、二人でしばらくはしゃぎ、電気を消して、そのあと。布団をでたり入ったり、シーツをひっかいたりもぞもぞ動きまわったり、落ち着かなげにしていた雨は、やおらベッドからとびおりて、ドアをひっかき始めた。

「帰ります」

と言うのだ。びっくりして、私は息を呑《の》んだ。だって雨は非常に甘えたがりで、無論それは普段あまりかまってやれないせいもあるのだろうが、一緒にいるときは私の足元を片時も離れないのだ。ゴミを出しに行くのにもついてきたがる。トイレにも。置いていくと、鳴いて抗議する。だから雨をスーパーマーケットの入口に置いて買物にいくことはできない。私がその場を離れようとすると、まるで足でも踏まれたみたいに「きゃーん、きゃーん」と悲鳴をあげるのだ。

ドアをあけてやると、雨はすごすごと階段をおりていった。一人で。

私は茫然《ぼうぜん》と見送った。それから、雨の部屋のドアが閉まっていることを思いだし、ついていってあけてやった。雨は大人しくそこに入った。

「ここで寝るの？」

尋ねると、雨は私をじっとみて、

「うん」

と、こたえた。悪いけど、という顔をしていた。すまなさそうな、かなしそうな。

私は淋しかった。雨も淋しかったと思う。だって、いつも二階に来たがっていたのだ。一階に閉じ込めていることを、私は私で雨にすまなく思っていた。

結局のところ、雨には雨の生活があるのだ。私は二階にひきあげて、くしゃくしゃになったベッドで一人で眠った。

音楽の話は、きょうはなしです。

14

もうじき新しい本がでるので、雨のそばでゲラを読んでいる。

「ゲラって試しに刷ったものなの」

雨に説明する。

「これが背丁。束と束の順番をはっきりさせるために、束ごとの背中につけておくしるし」

雨は、

「それで？」

という顔をする。

「それで？ いつまでそれを読んでるの？」

気持ちよく晴れた午後だし、私は新しい本のできることが嬉《うれ》しいので、私たちは「ちょっと特別」なものを聴くことにする。一緒に。

門あさ美を選んだ。CDは『セミヌード』というタイトルの一枚しか持っていないのだけれど、彼女のアルバムの中で、私のいちばん好きだった一枚だ。

どうしてこれが「ちょっと特別」かというと、ある一時期にとっぷりはまって聴いていたから。好きなアルバムというのは、ずーっと、あるいは折にふれて聴き続け、たいてい自分の「定番」になる。しかし、稀《まれ》に、定番にならずにしまい込まれるものがあり、そういうものは、聴くと瞬時に特定の時期およびその日々の状況、聴いていた部屋の様子まで浮かんできてしまう。それは、現在に満足しているときにだけ、ちょっと愉《たの》しい「特別」になり、そうでないときは、容赦のない気恥かしさと、ある種の痛々しさをつれてくる。

雨と一緒にいるときは、私は自分の過去のすべてを肯定してしまえるので、そういう音楽も愉しめる。

『セミヌード』も、数年前にCDになっているのをみつけて買ったときには、ちゃんと聴けなかった。気恥かしさと痛々しさ。勿論《もちろん》曲が悪いわけじゃなく、聴く者の勝手な感情なのだけれど、だって、十七歳から十九歳までの自分なんて、よみがえらせたくないもの。

雨と一緒に、ほぼ二十年ぶりに聴いてみて、いろいろと発見が多く、びっくりした。まず、門あさ美は歌が上手《うま》い。プロに向かってそんなことを言うのも失礼だとは思うけれど、すごく上手い（昔はそのことに気がつかなかった）。いまどきの上手な歌手みたいに、これみよがしに技術をひけらかしたりしないので目立たないが、「しっとり」と「はっきり」を両方いっぺんに声にしていて感動する。とても高い音を、低いみたいな声で歌える人はあんまりいない。

それから、自分が十曲全部の歌詞を記憶していて、そのことにもおどろいた。はまったんだなあ、と、思う。歌詞には、さすがに時代が色濃く漂っている。「ナイスミドル」とか「お好きにせめて」とか。

でも、十曲全部、しみじみとよかった。なつかしさなんかじゃなく、新鮮で、きちんとよかった。

そして、歌詞をやけに憶《おぼ》えているのは、はまったからというのではなく、一曲ごとに物語がちゃんとある類《たぐい》の曲だからだ、と、気づいた。その物語と、この人の声の持つ温度や質感がぴったり合っているのだ。

だから本を読むみたいに聴けてしまう。

たとえば、まるでスター気取りで、遊び疲れて、すました声でドアをたたき、軽くミルクをのみほして、フワリとベッドにもぐりこんでくる、そんな男のことを、「気まぐれ猫でも許してあげるから、私の事は、忘れちゃダメよ」と歌うかと思えば、エメラルドの海や目に眩《まぶ》しい砂、刺激的なあなた、といった道具立ての中で、耳元の囁《ささや》きに聞こえないふりをしてもう一度言わせたり、振り向いて強いキスをしたりしたあげく、「テ・アモ、テキエラス、テ・アモ、お好きにせめて、エキゾチックラブ熱く熱く燃えて」と歌う。また、「すねてご機嫌」という曲の中では、寒いと言ったら男に革ジャンを投げられて、それは「指も隠す大きめの革ジャン」で、彼にとっては「何気ない仕草でも、私にとって、抱きしめられたみたい」と、しっとり、でも弾むみたいに歌う。

「いいね、門あさ美」

私は雨に言う。

「大きくて食べごたえのあるサイコロキャラメルみたいじゃない？　それもリニュ

ーアルした、ピンクの桜味の」

　でもそう言ってすぐ、雨はキャラメルを食べたことがないのだ、ということに思い至る。キャラメルを食べたことがないなんて、それだけで、雨と私が随分違う生き物だとわかる。

「ほら、これが門あさ美。きれいな人だね」

　私は雨に、CDジャケットの写真をみせた。レコードのジャケットと同じ写真なので、二十年前の彼女だ。このとき、一体幾つだったんだろう。いろんな物語をぴたりと歌う女性にふさわしく、写真の彼女は若いようでもあり若くないようでもあり、ただただミステリアスなのだ。

15

雨は上を見ない。散歩をしていてどんなに月がきれいでも、また、どんなに星がたくさんでていても、雨にそれを見せることはできない。私にははじめそれが理解できず、抱き上げて顔を上に向けてみたり、雨の横にしゃがんで空を指さしてみたりしながら、何とか雨にも月や星を見せようとした。あるいは満開の桃や木蓮《もくれん》を。

「見て。きれいだね」

「見て。こないだ満月だったのに、もうあんなに細い三日月」

「見て、あの花の白いこと。すいこまれそうだね」

でも雨は絶対に見ない。抱き上げるとじたばたする。

「何するんだよ、はなしてよ」

雨にとって、空はたぶん遠すぎるのだ。地面や、電信柱や、排水溝や、土や草やそこに落ちている干からびたトカゲ（一度、雨はそれを耳の先の毛にからませて持ち帰り、私を心底怯《おび》えさせた）や、すれ違う人の足や靴や駐車中の車のタイヤや、そういうものだけが雨の見ている外界の風景。

犬の視力は弱いので、それさえも茫洋《ぼうよう》としたものなのだろう。それを補って余りある（はずの）聴覚や嗅覚《きゅうかく》がとらえる世界の音や匂《にお》いは一体どんなものなのだろう。

そんなことを考えながら、ジョージ・マーティンの『IN MY LIFE』を聴いている。

これは、ビートルズのプロデューサーだったジョージ・マーティンが、ビートルズの曲を「意外な人たち」に歌わせて（演奏させて）作ったアルバム。たとえば「A HARD DAY'S NIGHT」をゴールディ・ホーンが、「I AM THE WALRUS」をジム・キャリーが、「GOLDEN SLUMBERS, CARRY THAT WEIGHT, THE END」をフィル・コリンズが歌っているし、「BECAUSE」はヴァネッサ・メイがヴァイオリンで弾いている。

ジェフ・ベックのハードなギターも、ショーン・コネリーの声（彼は「IN MY

「LIFE」を歌っているのだけれど、歌うというより語っていて、一つの物語みたいに美しい）も、不思議なことに違和感がなく、あかるく調和している。アルバム全体が何かのミュージカルのサントラっぽく、とてもアメリカンな仕上がりなのだ。ビートルズなのに。

それが、なつかしく温かく心愉《たの》しく音に包まれる感じを生むのだと思う。

「ビートルズってね」

私は雨に説明する。

「ビートルズってともかく画期的だったらしいよ。○○さんも××さんもみんなビートルズが好きなの。街やお店で流れてくると、歌いだしちゃうんだよ」

私自身は、ビートルズをあまり聴いていない。私にとってビートルズはすでに伝説と化した何かだったし、耳馴《な》れた曲でも、音楽というより歌詞の気配と際立《きわだ》ったブリティッシュ・アクセントで、「ああこれはビートルズに違いない」と認識できるだけだ。

ビートルズに感化され得なかったことを、ときどきとても淋《さび》しく思う。でも一方で、ほっとしてもいる。たぶん。

「この曲はね、ロッド・ステュアートも歌ってるの。すごくいいの、聴く？　私はこれを、ロッド・ステュアートの曲だと思ってたんだけどね」

「IN MY LIFE」という曲について、私は雨にそう打ちあける。

「これだけ多くの人たちがカヴァーしているということは、ビートルズって、演奏家としてより曲の作り手として優れてたんだと思う」

雨は耳のうしろをばたばたとかく。

「音楽への愛をばらまいた功罪っていうかね、それはもう好き嫌いを越えて、感動的としか言えない」

ジョージ・マーティンのアルバムを聴いたりすると、つくづくそれを感じる。みんなとても愉しそうに、愛に溢《あふ》れて歌ってるんだもの。

「おいで」

私は庭に面したガラス戸をあけ、雨を呼ぶ。うちの庭はいま、白い小さいつる薔《ば》薇《ら》(花は小さいのだけれど、木は思いきり育って枝を四方八方に垂らしているので狭い庭がさらに狭くなるくらい)が満開。

「見て。きれいでしょ」

勿論《もちろん》雨は花を見上げたりしない。

「待ってて」

これも通じないので、

「待て！」

を使う。これは通じる。雨は私の足元で緊張し、背すじをのばして「すわれ」の姿勢で待つ。

やがて風が吹き、白い花びらを散らす。とてもたくさん、惜し気もなく。

雨は目を見張り、うわあ、これは何、という顔になって、「すわれ」を忘れて身をのりだす。

「ね、きれいでしょ」

この方法で、春には桜並木で雨に桜も見せた。私にもすこしは知恵があるのだ。

16

美容室（人間の）に行ったら、若い女の美容師さんがシャンプーをしてくれながら、さもごく日常的な世間話をするかのように、

「最近、まったりしてますか？」

と、私に訊《き》いた。倒れた椅子《いす》の上で顔にタオルをのせ、私はあまりのことにびっくりして目を見ひらいてしまった。うけ流し方がまるでわからなかったからだ。

まったりした味、ならばわかる。てきぱきしていない人間を、あの子、何かまったりしてるのよね、という風に形容するのも何となくわかる。でも、最近まったりしているか、と問われたら、人は一体どうこたえるものなのだろう。

「ええと、それはあの、どういう意味かしら」

奇妙な言葉づかいを責めるつもりでは全くなく、むしろどうしても知りたくなって、私は訊いてみた。

その美容師さんによれば、「まったりする」というのは、

「たとえば畳に足を投げだして、和菓子とかつまみながらぼーっとするとか」

の状態なのだそうで、想像外のシュールなこたえに私はまた混乱する。

「それは、和風が大事なの？ それともぼんやりが大事なの？」

彼女は、

「両方。でも洋風でもいいですよ、要は洗濯とかしないでうだうだすることだから」

とこたえた。何で洗濯なんだろう。

「のんびりするっていうこと？」

「ちょっと違う」

遠慮がちに、でもきっぱりと、彼女は否定した。

「のんびりはのんびりなんだけど、うだうだが入らないと」

と、言う。おもしろい、と、私は思った。そして、何となくわかるような気もし

た。何となくだけど。

うだうだ、は、どちらかというと否定的な側面が強い。それを肯定的に使うために、ある種の風情《ふぜい》を「うだうだ」に見いだそうとしたものが、彼女の言う「まったり」なのだ、たぶん。確信はないけど。

私はその言いまわしが気に入った。というより、その言いまわしでお客に質問をした若い美容師さんが気に入った。

美容室から家までの徒歩五分ももどかしく、私は家に帰るやいなや、雨に報告した。そして、

「だからね、きょうはまったりしよう、まったり」

と、提案した。雨はわけもわからず興奮してしっぽを振り、

「いいとも。まったりしよう、はやくしよう」

という態度であった。

それで、私たちは早速やってみた。「まったりする」のにふさわしい音楽は何だろう、と考えて、スウィング・アウト・シスターを選んだ。私はあの気怠《けだる》い――でも乾いた――曲調とヴォーカルが好きだ。夜の一歩手前、夕方から夜にかけての短

い時間くらいのジャジーさがいいのだ。おなじジャジーと呼ばれるアーティストでも、たとえばシャデーとは、そこが全然ちがうところだ。シャデーのジャジーは夜を思わせる。あるいは、夕方でも派手な夕焼けの夕方を。私はそのへんが苦手だ。やや重い、というか、曲に寄りかかられるというか。

スウィング・アウト・シスターは、しゃきっと立っている。曲の始まりの、気持ちよくひろがる時空間も好きだ。

「BREAK OUT」の収められたデビューアルバムが、私には個人的な理由でなつかしく特別なのだが、他のすべてのアルバムが、それとおなじくらいよくて好きだ、と感じる。それは実におどろくべきことで、彼らの発表するアルバムの、一枚ずつの完成度の高さと頑固さを、すばらしいと思う。

音楽を聴きながら、雨はテニスボールを追いかけまわしている。わざとソファの下に入れ、甘え鳴きをしたり敷き物をひっかいたりの騒ぎを演じ、最後には飽きて自分で取る（もぐろうと思えばもぐれるのだ）、というのをやっている。

私はスウィング・アウト・シスターの次にビリー・ジョエルをかけ、「SHE'S GOT A WAY」や「YOU CAN MAKE ME FREE」、「WHY JUDY WHY」などを聴いて、おもう存分まったりした。

本日の発見

①「まったりする」のは簡単だが、まったりしてしまうと、立ち直るのが難しい。

②雨はまったりしない。遊びつかれれば大人しくなるけれども、それはまったりというよりぐったりであるか、いっそぐっすりである。

17

一晩泊りの講演旅行があって、雨を、初めてのペットホテルにあずけた。そこは小さなホテルだが、昼間は犬をケージに入れず、室内で自由にさせてくれるという。

電話で予約をしたあとになって、私はにわかに心配になった。雨はいい子だけれど、片時もじっとしていないし、落ちているものはみんな自分の玩具《おもちゃ》だと思って噛《か》んだり壊したりしてしまう。トイレもときどき失敗するし、淋《さび》しがりだし、散歩中に他の犬とすれ違うだけで興奮してしまう。そんな雨が、知らない犬たちと同宿して上手《うま》くやれるはずがない。

私はほとんど後悔し、想像し得る最悪の事態——走りまわって店じゅうを混乱させ、机の脚とか椅子《いす》の脚とかをがびがびに噛みくだき、散々叱《しか》られたあげく、よその犬と喧嘩《けんか》をして致命傷を負うか負わせるかする——が、そうなるに違いない、という確信にまで高まってしまって、恐怖のあまり、実際に震えた。

下見に行ったとき、あずけられている犬たちはみんな、驚くほど大人しかった。

「この子たち、年をとってるの？」

失礼にも、私はついそう訊《き》いてしまったほどだ。雨とあまりにも違ったから。

そんなことを思いだし、私はもう一度ホテルに電話した。

「ごめんなさい、やっぱり無理かもしれない。御迷惑をおかけするかも。でも雨は悪くないんです。ただ、わからなくて、びっくりして、興奮しちゃったんだと思う」

まだ雨は何もしていないのに、そんなことを言った。

結局、

「じゃあケージに入れておきましょうか？」

というホテルの人のひと言で、話は落着した。そうだ、そうしてもらえばいいんだ。

当日、散歩だと思って意気揚々とのりこんだ雨は、私が一人で帰ろうとすると悲劇的な声をだして鳴いた。まさか、という声だ。私は、自分が雨を捨ててしまったみたいな気持ちになった。

三晩、雨はそこに泊った。どうしてかというと、私の旅は土曜の朝早くから日曜の夜遅くまでだったから、金曜から月曜まであずける必要があったのだ。

月曜の朝、迎えに行くと、雨はシャンプーをしてもらったばかりでまだ濡《ぬ》れていたが、とても満足そうな顔をしていた。

「いい子ですねー」

ホテルの人が言った。

雨はケージの中でしっぽを振り続け、「遊びたい遊びたい光線」をだして、見事ホテルの人にケージをあけさせたのだそうだ。そして、三日間機嫌よく遊んだ。ただ、気に入った犬にまとわりつき続け、そのしつこさに、

「その子にはちょっと嫌われてたみたい」。

私は誇らしくなった。雨はたくましい。

おもてにでると、雨は紐《ひも》をぐいぐいひっぱって、いつものように私の先に立って歩いた。

「あー、遊んだ遊んだ。もう帰るんでしょ? ホテルもわりとおもしろかったけど」

身体《からだ》じゅうで、そう言っていた。

私はいま雨を両足の上にのせ、雨も私も好きなリサ・ローブを聴きながらこれを書いている。

「あなたはなんて立派な犬なんでしょう」

雨をそうほめたたえながら。

リサ・ローブの三枚のアルバムのうち、私は二枚目の『FIRECRACKER』がいちばん気に入っている。去年三枚目の『CAKE AND PIE』がでて、かわいいけれど温度の低い、意志的な、しっとりした声の魅力はあいかわらずで、でも何となく、それまでの二枚と感じが違う、と思った。それで、それっきり『CAKE AND PIE』は聴いていなかった。好き、と思った『FIRECRACKER』があるのに、ちょっと違う、と思った『CAKE AND PIE』をわざわざ聴く理由もないもの。

でも、きょうはそっちを聴いている。変化を全部受け容《い》れる(まあ、それ以外に方法がないわけだけれど)、たくましく健やかな雨に敬意を表して。

前提なしに聴くと、三枚目も、勿論《もちろん》いいのだ。「THE WAY IT REALLY IS」も「BRING ME UP」も、一曲ずつ全部。リサ・ローブは、実力のあるアーティストだ。しかも率直。彼女の人生観とか、生活とかが、曲にくっきり反映される。変化してあたりまえなのだ。

私はひさしぶりに思いだした。十代のころ、ツイストとかCHARとか、好きなミュージシャンの新譜がでるのを楽しみにして、発売日当日に嬉々《きき》としてレコード屋さんに行ったことを。あるいは、すでに困るほどたくさんでていたミック・ジャガーやロッド・ステュアートやオリビア・ニュートンジョンのレコードを、お小遣いをもらうたびに一枚ずつ（迷いに迷いながら）買い集めたことを。一枚ずつの変化も含めて、まるごとどきどきしたし、嬉《うれ》しかった。

最近は、そんなふうにCDを聴いたり買ったりしていない。ある一枚がよければそれでいい、という買い方で、それはそれでわかりやすくていいのだけれど、遠いことを思いだし、すこしだけ、頭の換気がよくなった気がする。

18

いまは深夜で、リッキー・リー・ジョーンズを聴きながらこれを書いている。私は普段、食事どき以外に家であまりお酒をのまないが、このひとの声を聴くときは、口あたりが強くてストレートな味のお酒が欲しくなる。ウイスキーとか、ジンとか。あとは部屋を暗くすると俄然《がぜん》音が冴《さ》えるのだけれど、それでは字が書けない。

リッキー・リー・ジョーンズが、細い声で体ごとぶつかるみたいに「We belong together」とくり返し叫ぶように歌うのを聴くと胸がいっぱいになる。

音楽を聴くためには自分の人生がいる。この人の曲を聴くと、つくづくそう思う。勿論《もちろん》たいていの愉《たの》しみには人生がいるのだけれど、音楽の要求するそれが、いちばん根元的だなと思う。それはつまり、人生経験ではなく人生がいるということ。たとえば赤ん坊は人生経験を持っていないけれど、人生は持っている。たった三歳の雨も、たぶん私よりずっと揺るぎなく人生を持っている。だから雨は大変堂々と、ゆったりと音楽を聴く。好きな格好で、好きなように。

その雨を膝《ひざ》にのせ、私は恐怖について考えている。

さっき散歩にいってきたのだが、遅い時間に雨と散歩をすると、よく思う。街なみというものは、深夜だけ全然違う顔になるものだ、と。街路樹も、道も、中学校も、家々の外観も。自分の家さえ違う表情に見えるので、ときどき笑ってしまう。そして、そうか、私たちはこういう街に、こういう家に住んでいるのか、と、わかる。

それはおもしろい感じだ。センダックの絵本に『まよなかのだいどころ』というのがあるけれど、そういえば子供のころは、家の中も深夜には違うふうに見えたっけ、と、忘れていたことまで思いだす。

結婚したばかりのころ、家の中にいることが嬉しくて、夜は外にでない、という暮らし方をした日々があった。ほんの二、三年だがそうやって暮らしていたときは、夜に一人で外にでるのが怖かった。しかもそれはおばけが怖いとか暴漢が怖いとか痴漢が怖いとかじゃなかった。ただ不安になるのだった。いるべきじゃない場所に自分がいるような気がして、「普段と違う」ことが怖かったのだと思う。

その後、ちょっとしたきっかけがあって夜に出歩ける人間に戻った。戻ってよかったと心から思う。昼にしか見えないものがあるように、夜にしか見えないものもあるから。

不規則な生活をする飼主に飼われている雨は、朝も昼も夜も深夜も散歩が好きだ。子犬のころから、すこしもひるまない。元気に、快活に、胸をはって歩く。私には、それは健やかなことに思える。

私たちの散歩コースはいくつもあるが、その一つの中に、私と夫がかつて暮らしていたマンションがある。小さな、四角い、温かな感じのうす茶色のその建物の前を通るとき、夜の外出ができなかったころの私自身をちょっとだけ思いだす。

「昔ね、ここに住んでいたのよ」

歩きながら雨に言う。

「雨が生れる前にね」

そのころの私を、雨は知らない。

雨の、ものの恐《こわ》がり方が好きだ。たとえば、雨も私も虫が恐いのだけれど、その虫が死んでいれば雨はもう全然恐がらない。

この夏は虫にたくさん遭遇した。ある夜は異常で、住宅地を三十分歩くあいだに四匹のゴキブリを見た。四匹とも生きていたので、雨も私もおののいた。曲者《くせもの》なのは道に落ちているセミで、一見死んでいるように見えるので、雨は突進してしまう。調べたいらしい。セミがおどろいて（かどうかわからないけれど）羽根を広げてジジジと騒ぐと、雨はもう一メートルくらいとびすさって動けなくなる。飴玉《あめだま》をのみこんだみたいな顔でセミを見つめ、紐《ひも》をひっぱっても足を踏んばって動かない。それからきゅうきゅう鳴いて、恐かった、と表明する。

でもそのセミが死んでいれば、雨は平気でにおいをかいだり鼻でつついたりして調べ、しまいに「食べられそうもない」と判断して興味を失う。何本もある脚とか、体の色つやとか羽根の質感とかのグロテスクさに、恐怖は感じないらしい。

虫は恐いが死んでいればもう恐くない、というのは、動物として何て正しい恐怖の持ち方だろう。私は雨に敬服する。そして、自分の持っているやみくもな恐怖、あるいは反射的な恐怖、非理性的な恐怖を不甲斐《ふがい》なく思う。

「全《すべ》てのものを自分の目でしっかり見て、必要ならにおいをかいだりつっついたりもしてみて、判断してから恐がるひとに、私もなるよ」

雨に、そう言ってみる。

恐怖はたぶん、一人一人がみんな個別に、いつも、そしてずっと、戦わなきゃならない何かなんだろうなあ。

戦っているみたいな歌いっぷりのリッキー・リー・ジョーンズは、雨も聴いていて気持ちがいいらしい。

19

随分強く、雨が降っている。

「これですこし涼しくなるかな」

私は雨に言う。夜中で、私たちは雨の部屋にいる。雨の部屋は、大きい方の窓のブラインドが壊れていて、下まで降りない。勿論《もちろん》雨が壊したのだ、子犬のころに。それで床から十五センチくらい浮いた状態なのだが、雨はそこに寝そべって外をみている。外といってもそこは庭だし、暗いので何もみえない。でも雨はそうしているのが好きだ。外をみるというより外の匂《にお》いをかいで、外の音を聞いているのだろう。ときどき、道路を車が通ると、ざざざ、と音がして、ヘッドライトの光が流れるのがみえる。雨はそれに反応し、いちいち顔を上げて光を見送る。

私たちはマリアンヌ・フェイスフルを聴いている。「BOULEVARD OF BROKEN DREAMS」や「PENTHOUSE SERENADE」、それに「AS TEARS GO BY」も入ったアルバム『STRANGE WEATHER』は、ただただ名盤。楽器の音も一つ一つ恰好《かっこう》よくて、地味で高価な宝石みたい。

私はこのアルバムを、とても親しいもののように感じるのだけれど、それは具体的ではない親しさであって、たとえばひいおばあさんに会った感じ。会ったことのない人なので「なつかしい」と言うわけにはいかないけれど、でも「知ってる」と言いたい感じ、「つながってる」とわかる感じ。'87年にでた、比較的新しいアルバムなのに、そう感じる。マリアンヌ・フェイスフルは、勿論ひいおばあさんみたいじゃない（年齢も、私と十七しか違わない）。でも音楽の持つスピリットが、私にとってなにかそのようになつかしく、心強く、親しい感じで漂うのだ。

雨も、このアルバムが気に入っている。雨は全身で音楽を聴くので、正確にいえばこのCDの流れている部屋の空気が気に入っている。それはいつも、おかしいくらいちゃんとわかる。気に入ると、大変居心地よさそうにするから。

「もうじき夏が終るねえ」

私は雨に話しかける。

この夏は、眼医者さん通いの夏だった。雨は子犬のころから右眼が弱く、すぐ充血したり腫《は》れたりして獣医さんに行っていたのだけれど、お薬をさすと一時的によくなるものの、お薬に慣れてしまうとまたおなじことが起こり、原因がわからなかった。そしてある日突然、瞳《ひとみ》の中央が白濁していた。前日まではきれいな茶色だったのに。眼科専門の獣医さんを紹介してもらってでかけたところ、先天的白内障という診断で、充血や腫れといった炎症はそのせいだったことがわかった。

涙の量の少いドライアイであることや、下まぶたがたれさがっているので、そこ（ポケット、と獣医さんは言った）にゴミが入りやすいことなどもわかった。

炎症はお薬で治まるし、ドライアイも改善できるけれど、白内障は手術をしないと直らないらしい。手術にはリスクを伴うので、当面このまま様子をみましょう、ということで、夏のあいだ病院に通ったのだった。

「おもしろかったね」

私は雨に言ってみる。

「いろんな機械があったじゃない？　眼球の写真もいっぱい撮ってもらったし。先生もやさしかったしね」

　雨は不承不承、

「まあね」

　とこたえる。基本的に、病院は嫌いなのだ。右眼はもう腫れても充血してもいないが、瞳の中央はしっかり白濁している。いまはまだ視力があるが、あとどのくらいそれを維持できるかはわからない。

「雨は女医さんが気に入ってたね」

　これはほんと。苦手な涙量検査のときも、その若く可愛《かわい》い女医さんにおさえててもらうと、雨は大人しくしていた。

　はじめのうち、私は左右の色の違う雨の眼をみるたびに、失われてしまった茶色の瞳を思って噴水のごとく涙を噴出させていたが、雨がびっくりするので、そして、びっくりした雨があまりにかわいいので、かなしむのは止《や》めた。だって、雨は全然かなしんでいない。

「白内障なんてユニークだねえ」

　私が言うと、雨は誇らしそうな顔をする。私たちは二人とも、ユニークを尊ぶのだ。

リピートにして何時間もかけっぱなしなので、部屋の中は濃密にマリアンヌ・フェイスフルの空気になっている。誇りたかい雨に、マリアンヌ・フェイスフルの声はとても似つかわしい。

20

夕食のあとでついうたた寝をしてしまい、目をさましたら雨が横でビスケットを箱ごとむさぼっていた。私が起き上がるとがさがさいう音がやみ、見ると動作をぴたりと止めていて、でも両前脚で箱はおさえたまま、顔はビスケットくずだらけ、まわりは嚙《か》みちぎった箱やセロファンの残骸《ざんがい》だらけ、というあり様で、私も雨も一瞬言葉がなく、みつめあった。

「雨」

低い声で言うと、雨は、

「これで許してくれる?」

とばかりに、可憐《かれん》な表情で私をみる。でもおしりは持ち上がっていて、許してくれなかったらすぐに逃げよう、と考えていることがわかる。どういうわけかしっぽも振っていて、私は、雨がこういう場面での私の怒りをあまり恐れていないことを思い知らされる。

「なあに、それ。なに食べてるの」

可能な限り怒った声で言ってみるのだが、雨はひとしきり走って逃げまわったあと、自発的に「すわれ」の姿勢で頭を低くし、「説教されポーズ」をとる。私が仁王立ちして説教をするあいだ、じっとすわって私をみている。説教がとぎれるとしっぽを振る。

「まだよ」

と言うと、しっぽは止まる。人間のビスケットが雨にとっていかに有害かさらに言いきかせ、

「わかった?」

と訊《き》くと雨は熱心に私を見上げ、わかった、という顔をする。

「ほんとね?」

ほんと、と、雨はこたえる。

「よし」
言うが早いかしっぽを振り、突進してきてぴょんぴょん跳ねる。まきおこる風がビスケットくさいので、どうしたって私は笑ってしまう。それに、さっき私が目をさましたときの雨の顔！

というわけで、私たちはいま消化促進のためにカモミールティを一緒にのみながら、UB40の「レッドレッドワイン」を聴いている。これはCDではなく、テープ。留学生だったころに、好きな曲ばかりをラジオから拾って作った、涙ぐましくもなつかしいテープだ。音がひどく悪く、ところどころ途切れていたり、ラジオのコマーシャルが入っていたりする。

「レッドレッドワイン」は、夏の夜を思いだす。庭で友人たちと馬鹿《ばか》騒ぎをしながら聴いた。近所から苦情がでて、おまわりさんが来たこととか。

でも、テープの選曲はなにしろめちゃくちゃで、一つの思い出にひたってはいられない。エアロスミスの次にフィル・コリンズが、ホイットニー・ヒューストンの次にグロリア・エステファンが、デフ・レパードの次にフリートウッドマックがかかる。曲名を書いたりしていないので、でてくるまで、次が何かわからない。

テープを作る、という行為を、最後にしたのはいつだっただろう。なつかしいけれど、いまそれをする熱意はないなあ、と考える。好きな曲ばかりとはいえ、あまりにも色とりどりすぎて落ち着かないし。

「順番とか脈絡とか、あのときには考えて作ったはずなんだけどね」

いまはもうまるで思いだせない。住んでいた街の景色や部屋の様子が、きれぎれに浮かんでくるだけだ。

雨の知らない日々の音楽を雨と聴いていることで、私はちょっと混乱する。雨を連れてタイムスリップしているような気がするからだ。

雨は私の両足の上にどしりとのっかり、最近気に入っているブタの玩具《おもちゃ》を噛んでいる。ビスケットも食べたし、カモミールティものんだので、満足しているのだ。

記憶はどんどん沸きあがってくる。人の顔、好きだった橋の上、スーパーマーケット、無理（英語力的に）してとった大学院の講義。

アメリカで、私は猫を飼っていた。灰色のアメリカンショートヘアの雄猫で、お腹《なか》にタフィを流したような模様があったので、タフィという名前をつけた。私が床にすわっていると膝《ひざ》の上にのり、椅子《いす》にすわっていると机の上——しばしばノートの上――に丸くなった。

「すごくかわいい猫だったのよ。今度写真をみせてあげるね」

あのころ、私もビスケットやチョコレートやアイスクリームばかり食べて、すごく太っていた、ということは、雨には内緒にしておこう。

21

風のつよい日、雨の両耳は昔の飛行機乗りの帽子みたいにはためく。結構肉厚な耳なのに、九十度とは言わないまでも六十度くらいには両側に持ち上がり、それがうしろになびく。雨に紐《ひも》をひっぱられ、散歩しているというよりされている恰好《かっこう》の私は、そのたびにうしろからほれぼれと眺める。風の抵抗を避けるためにやや頭を低くして、両耳をはためかせ、寒さにひるむことなく、昔の飛行機乗りみたいに勇ましく、風に向って歩いていく雨。

私たちは住宅街を抜け、公園の大階段に腰掛ける。そこで雨に水をのませ、私は煙草《たばこ》を一本喫《す》う。私が口笛を吹くと、雨はおどろく。私に吹ける口笛は、ヒューとかピューとかいう音だけで、メロディにはならないので、奇妙な動物の鳴き声みたいに聞こえる。それで雨はおどろき、変な音をだす動物の正体を見きわめようと、あちこち見まわす。

ピュー。何度目かに私が音をだし、その音が私の口からでていると雨が気づく瞬間の、雨の表情は可笑《おか》しい。

まさか。

ほんとうに、そう言っているかのような驚愕《きょうがく》の表情で私を見る。子犬だったころは、あわてて私の顔じゅうを舐《な》め、音を止めようとした。いまは、驚愕の表情のあと、あきれたようにそっぽを向く。

「びっくりした?」

私は悦に入って訊《き》き、雨を無理矢理抱きしめて謝る。そんなふうにして、私たちは遊ぶ。

この季節に散歩にでると、雨は枯れ葉だらけになる。ただでさえからまっている雨の毛は、枯れ葉という枯れ葉を吸い寄せて、さらにそこにからまり、とろうとしてもとれないことにしてしまう。

帰り道は、雨の耳や足にからまった枯れ葉が、舗道にぶつかってかりかりとリズミカルな音をたてるくらいだ。

家にたどりつくと、だから雨も私も、ちょっとしたピクニックのあとみたいな心持ちになる。すこし高揚した、すこしよそよそしい心持ち。きょうのように風の強い、曇りの日はとくに。

その心持ちのまま、ペットショップボーイズを聴いた。私の知る限りいちばん新しいアルバムの、『リリース』。

彼らの曲は、いつ、どこで聴いてもおなじなつかしさと安心感に包まれる。聴く者を傷つけまいとするかのような、途方もない礼儀正しさがある。曲調も声もやさしくてドライだ。きれいな色のお薬みたいな感じ。

「思慮深くていいよね、ペットショップボーイズは」

私は雨に言う。この人たちの歌詞は、英語の美しさが十全にいかされている気がして、そこも好きだ。

音楽に関して早熟でなかった私には、イギリス的な音というとビートルズよりペットショップボーイズの方が親しみ深い。聴いていると体調や心身のバランスが整ってくるというか。やさしいんだもの。

二十代の前半に聴いていた、ということと、関係があるのかもしれない。なんとなく認めるのが不本意だが、私の場合、二十代前半は世界や他人に気を許せないぶん、音楽や映画や小説に圧倒的に傾いていた。そのころになぐさめを与えてくれた音楽は、いま聴くと、そのころとはたぶん違う意味で、しずかな勇気を与えてくれる。

ペットショップボーイズを聴きながら、これが雨にも勇気を与えてくれればいいのにと思ったりするけれど、それは無論無茶な望みだ。雨にとって音楽は快と不快の二種類しかないし、その場合の快は、邪魔にならない、という程度であったりする。想像と観察によれば。

「音楽を聴く?」

そう言うと、それでも嬉《うれ》しそうにしっぽを振るのはなぜか、といえば、普段部屋に一人ぼっちでいることの多い雨にとって、音楽を聴くというのは、そのあいだはそばに人間がいる、ということだからなのだろう。

「もっと聴く?」

私は言い、『バイリンガル』というアルバムもとってくる。これは、ジャケットがあかるい黄色一色。

「二人がバラを抱えた写真のついた、白いアルバムがよかったんだけど、みつからないの。その次にでたオレンジ色のアルバムもよかったんだけど、やっぱりそれもみつからないの」

雨に言いながら気づいた。私はレコードを聴いていたころにはアルバムタイトルや中の曲名を憶《おぼ》えていたのに、CDを聴くようになってから、ほとんどのアルバムはジャケットの色柄でしか認識していない。知人の誰彼の乗っている車を、あの緑の小さい車、とか、紺色の角ばった車、とかいう風に、車種や年型ではなく色と形と大きさでだけ、記憶しているのとそれは似ている。

22

寒いので、銀行やらスーパーマーケットやらに行く用事をとりやめにして、一日中本を読んでいた。ロジェ・グルニエの『ユリシーズの涙』（みすず書房）。この本は、おもしろい上にしずかで心落着くので、つい癖になってしまって、この半年で五度くらい読んだ。犬をめぐる随想。犬である雨にとっては仲間の話なので、勿論《もちろん》ところどころ読んできかせる。「悲しみの動物」である犬のこと、「収容所を守る」役を担《にな》わされたかつての東欧の犬たちのこと、あるいは愛犬たちの話を通して自伝を書いた、エリザベス・フォン・アルニムという女性の言葉——「両親・夫・子供、恋人や友人たちにはもちろん、大きな長所がある。でもしょせん、彼らは犬ではない」。

この本を読むといつもそうであるように、私はすこしかなしい気持ちになる。

友人が四枚もいっぺんに貸してくれたウテ・レンパのCDをかけてみる。友人の説明によると、ウテ・レンパは最近渋谷のオーチャードホールでもコンサートをしたドイツ人女性歌手で、デビューしたときのキャッチコピーは、「グレタ・ガルボの顔に、マレーネ・ディートリッヒの脚」だったのだそうだ。

外見はともかく、曲に関しては全く想像のつかないまま聴き始めたら、もう、嵐《あらし》のような好きさ加減だった。古典的、という形容をひとが一般的にどう受けとるかがよくわからないので、違う形容をするべきなのかもしれないとは思うのだけれど、私にとっては古典的としか言いようのないある種のよさ、があって、それは説明するならしっかりしていて輝かしく、嬉《うれ》しく心強いもの、というふうになる。ウテ・レンパはまさにそれだった。

なかでも『イリュージョン』というアルバムは、ピアフとディートリッヒのカヴァーで、完璧《かんぺき》な仕上がり、というやつだと思う。「Padam ... Padam ... 」が入っていて、感激した。すっかり忘れていたけれど、私は子供のころ、母が台所で料理をしながらレコードで聴いていたこの曲が大好きだった。

古典的なもののいいところは、豊かで安心な気持ちになるところだ。『パニシングキス』というアルバムも、クルト・ワイルの曲ばかりのアルバムも、『Espace indecent』というアルバムも、全部。

ウテ・レンパというひとは、低い強い声をだすとき、とりわけ恰好《かっこう》いい。オーケストラの楽器がたくさん使われているのも素敵だし、声がつねに正確なところも素晴らしい。

ひたすら聴いていたら、おもてはすっかり暗くなってしまった。寒さが心地よく思えるのは、たとえば冬の夜のコンサートのあととおなじで、肉体の内側がたっぷり温かくなっているからだろう。

雨は遊びあきて眠っている。

この数カ月で、雨はほとんど視力を失ってしまった。左目も白内障になり、病院通いとお薬とで両目とも炎症はおさまったものの、右目は網膜が剝離《はくり》してしまった。

それはそれはびっくりすることだった。たとえばきゅうりの切れ端を目の前にさしだして、「待て」と言うと、習慣上雨は大人しく待つけれど、「よし」と言っても食べないんだもの。きゅうりは見えていないのだ。ドアや壁にぶつかるし、トイレもしばしばはずす。あんなに好きだったボール投げもできないし、ハリネズミくんを探しても上手《うま》くみつけられず、苛立《いらだ》つらしくて激しく、でも淋《さび》しそうに鳴く。(吠《ほ》えない。雨は吠えない犬なのだ。)そして、私と雨は、もう目が合わない。

それはとても認められないことだった。承服しかねる、我慢のならない、冗談じゃないことだった。雨がおなじように思っているかどうかはわからない。

動くと物にぶつかって混乱し、私が何か言うと声がするのに姿が見えないから混乱し、混乱して動きまわるからまた物にぶつかり、だから動くのはやめてじっとしている、という状態は、でも二日だけだった。散歩を恐《こわ》がって尻《しり》ごみしたのは一度だけ。これは自慢ですが、雨は新しい生活をちゃんとつくりつつある。先週は、視力を失って以来はじめてソファにとびのって、私を狂喜させた。

「なんて勇敢なんでしょう」

私は雨に言う。ロジェ・グルニエを読むまでもなく「悲しみの動物」である雨に。

23

きょうはとてもいいお天気。雨と、いつもよりすこし長めの散歩をした。

暮れに、ずっと欲しいと思っていたワインの栓（ポンプ式の、壜《びん》の中を真空にできるやつ）を買ったので、昼間、一人でもワインをあけることができる。それで、一人でのんでいる。

昼間に自分の家でのむ赤いワインは、なんだか駄菓子の味がする。

散歩のとき、「雨、階段」とか、「電信柱」とか、「そこは枝がでてるわ」とか、私は盲導人間として雨をナビゲートしっぱなしなので、帰ってくると結構疲労している。この間は、「だめよ、坊っちゃん」と雨に言ったら、うしろから私たちの横を通りすぎた自転車が急に止まって、乗っていた高校生に、「はい？」と言われてしまった。私は雨をいろんなふうに呼んでいて、外でもついその癖がでてしまう。雨、雨さん、あなた、坊っちゃん、かわいこちゃん。

もっとも、雨はあんまり聞いていない。「電信柱よ」のあとは、だからしばしば、「いやだ、電信柱よって言ったじゃないの、気をつけてちょうだい」になり、鼻をごつんとぶつけた雨は、いまいましそうに、フン、とも、ブフ、ともつかない声をだす。

よく知らない道を歩くとき、雨はちゃんと歩き方を変える。両前足を（もちろん片方ずつ）一度真上にぴゅっと上げてから前に出す。そこに踏む地面があるかどうか確かめようとするみたいに。それでも方向がずれたり、はしゃいで急いだりして、塀や木にぶつかる。無論私も――言葉だけじゃなく――紐《ひも》をひいて衝突を避けようとはするのだが、俊敏性において、私が雨にかなうはずがない。

そういうわけで、私はワインをのみながら、リビングにながながとのびている。

「もうすこしゆっくり動いてほしいんだけどねぇ」

つい、ばあさんの繰り言みたいになってしまう。でも雨はそんなのどこ吹く風で、ぴいぴいかん高い音のする、やわらかなゴムでできたピンクのりんごをくわえて歩きまわっている。

ＵＢ40の「RED RED WINE」を聴きたいと思ったが、そんなものを聴いたら「まったり」してしまってきょうはもう起き上がれない、と思い直し、ペイリー・ブラザースを聴くことにした。去年ＨＭＶで衝動買いして以来、ちょっと気に入っているアルバムだ。タイトルも、『THE PALEY BROTHERS』。

育ちのよさそうな、いかにもアメリカンな、お天気のいい日に戸外でばたばたはためいている洗濯物みたいな、音がする。ライナーノーツによれば、「パワーポップ」「ボストン・シーン」というのがテーマの兄弟デュオであるらしい。

私は、三曲目の「I HEARD THE BLUEBIRDS SING」が好きだ。ぶむぶむと刻まれるコントラバスみたいな楽器の音がとくに。七曲目もよくて、そういえばそれも、だっぷだっぷと刻まれる楽器の音が好きなのだった。この人たちの曲は、声もだけれど楽器の音が澄んでいてきれい。いかにも七十年代らしくのびやかだし。

雨の玩具《おもちゃ》のぴいぴいという音も、あいのてみたいにしっくりなじむ。

雨はまた、ボール投げができるようになった。遠くに投げてしまうと、みつけて戻ってくるまでに時間がかかるけれど。

そういえば、目が見えなくなった直後、雨は気に入りの玩具だったゴム製のブタを食べてしまった（翌日吐いた）。びっくりした。「お友達」と呼んでいたので、それをいきなり食べてしまうなんてどういうことかしらと慌《あわ》てたが、雨も混乱していたのだろう。

りんごは、そのあとに買った。噛《か》んだときだけじゃなく、離したとき（へこんでいた部分が元に戻るとき）も、ぴーっと音がするので、いままでの玩具の二倍うるさい。雨はそこが気に入っている。投げて転がっていくときさえぴいぴい音をたてるので、雨にも追えるからだ。

ペイリー・ブラザースは「LOVIN' EYES CAN'T LIE」を歌っている。雨は盛大に音をたてながら、熱心にりんごを噛んでいる。部屋の中は掃除をさぼっているので埃《ほこり》だらけで、窓の外は晴れていて静かだ。

雨もお酒がのめればいいのに、と私は思う。そうしたらこういう午後には、一緒に酔っぱらったりできるのに。

24

朝起きて、コーヒーメーカーのスイッチを入れ、一緒にCDプレイヤーのスイッチも入れて、世良公則《せらまさのり》の声が部屋に流れ始めると、中学生から高校生のころの気分になる。

「またこれ？」

ここ三日、起きてすぐ世良公則をかけているので、雨はそういう顔で私を見上げる。

どうしてこういうことになったかというと、「櫻井哲夫《さくらいてつお》＋世良公則＋神本宗幸《かみもとむねゆき》ライブ」というものに行ったからだ。それがとてもよかったのです。ライブに行った夜は、帰ってからも興奮していて雨に曲目を逐一報告し、世良公則のギターの弾き方のまねまでして、そういうときは訳もわからず一緒に興奮する性質の雨ともども、深夜まではしゃいだ。

場所はスイートベイジルで、私は整理券をもらえなかった組の中では前から三人目、という順番に並んだので――寒かったが、六本木の夕空の下、文庫本を読みながら待った――、この会場ではいちばん好きな席（二階の端）に無事着席できた。

このライブハウスは、たとえば今回のチラシに書かれた言葉、「世良公則の熱く心に響くボーカル＆語りかけるギター、櫻井哲夫のオリジナリティー溢《あふ》れるベースプレイ、神本宗幸の絵を描くようなアコースティックピアノ。それは、個性的な三人のアーティストが自由に絡《から》み合って創《つく》り上げる、とても素敵な大人のひととき」からもわかるように、観客の平均年齢が中途半端《はんぱ》に高い。演奏者もかつてのアイドルという人が多く、学食みたいな「ファンクラブ席」を二階から眺めていると興味深い。年齢とか時代とかいうものについて、つい考えさせられる。

私はここで、いままでにちょっと衝撃的なもの――すっかりディナーショウ慣れして、ホストっぽくなってしまった大沢誉志幸《よしゆき》（でも曲はよかった）や、逆に依然として体操のお兄さんみたいで、ちっとも年をとっていないようで不気味だった安《あ》部《べ》恭弘《やすひろ》——を目撃していたので、「世良さん」がそういうことになっていたらどうしよう、と心配していたのだが、杞憂《きゆう》だった。全然大丈夫。余計なおしゃべりはせず、無口で不器用で誠実な不良、のイメージ健在。それでいて、「あんたのバラード」も「銃爪《ひきがね》」も、かつてとはかなり違うアレンジで、ちゃんと中年っぽくて素敵だった。そうでなくちゃ。私はすっかり嬉《うれ》しくなった。

カヴァー曲がいっぱいあったのも新鮮で、なかでもビートルズの「COME TOGETHER」は素晴らしく、「本物より世良さんの方がいい」とつぶやいてしまったほどだ（「IMAGINE」は似合わなかったけど）。

と、こういうことを私は雨に縷々《るる》説明し、

「ほら、聴いて、この声」

と言いながら抱き上げたりするのだが、雨にはあまりぴんとこないようだ。ツイストを知らない世代だからなあ。ツイストは恰好《かっこう》よかった。もう、圧倒的だった。

世良公則のどこがいいかといえば、それは無論絶対的に声で、彼の声は楽器というよりいっそ音楽そのものだ。だから歌詞はどうでもいい、と私は思う。世良公則が気持ちよさそうに声をだせれば、それだけでいい。これで作詞まで上手だったらずるいもの。

『DO（動）』というタイトルのアルバムを聴きながら、コーヒーを手に、私はうっとりとそう思う。世の中には、どうしたって好きな声というのがある。私の場合、それはロッド・ステュアートとスティングと世良公則だ。

雨はあきれ顔をしている。テニスボールをくわえてきて、これを投げてよ、と訴えている。音のしない物を追うのは難しく、たいてい見つける前にあきらめてしまうのだが、それでもそれを持ってくる、というチャレンジ精神に私は胸を打たれる。学習しない、ともいえるけれど。

「世良さんのギターって礼儀正しいの」

私は雨に言う。

「ふくよかで性的で、礼儀正しい音じゃない？」

視力を失うと嗅覚《きゆうかく》や聴覚が発達する、というのは本当だろうか。もしそうなら、雨の耳にこの人の声はいまどんなに美しく響いているのだろう。もしかすると、感電しそうに美しく響いているのかもしれない。

でも、人の声とか足音とか救急車のサイレンとかに関して、犬はテレビやラジオの音より現実の音の方にずっと敏感だから、ＣＤではなくライブの方がいいのかな。連れて行きたかったな、スイートベイジルの二階の端に。楽しげなベースや繊細なピアノを思いだし、そんなことを思った。

25

きょうは一カ月ぶりに獣医さんに行った。定期検診。両眼とも経過良好で、「いい状態です」と言われる。お医者様の言葉づかいというものは、私には、どうも続きをのみこんでしまう物言いに思われて、どきどきする。

「それは、もっと悪くなるかもしれない、という意味ですか?」

それで、ついそんなふうに訊《き》いてしまう。

「うーん、それはわからないけど、いい状態ですよ」

励ますようにそう言ってくれるお医者様に、「意味ですか」という質問に対して「わからないけど」はちょっと変です、とは、さすがに言えない。だから後半だけをくり返し、

「いい状態なんですね。よかった」

と、念押し（?）をした。

雨はいつものように、全然ひるまず胸をはって、診察室に乗込んだ。

さらに素敵なのは建物をでるときで、雨はきまってフンと大きな鼻息を吐き、治療させてやったぜ、と言わんばかりの態度で歩く。私にはそれが嬉《うれ》しい。それで私も胸をはって歩く。端目には、大変いばった患者（とその飼主）に見えるかもしれない（勿論《もちろん》、この獣医さんには感謝しています、ものすごく）。

経過が良好だったので、帰りのドライブは、行きよりずっと晴れ晴れしたものになる。目が見えていたころの記憶のせいか、雨は後部座席にちょこんとすわり、閉まった窓に顔を向けて、外を見ているポーズをとる。哲学者みたいな顔つきで。

「帰ったら、安心なものを聴こうね」

私は雨に約束した。

いま、雨は寝ている。その横で、私はステイシー・ケントを聴いている。ばたばたして、獣医さんから帰ったあと一日中、音楽を聴く余裕がなかったのだ。

深夜二時の部屋のなかというのは、スタンダードのバラードを聴くのにぴったりの場所だ。その部屋が、親しい友人の部屋、とでもいった気配になる。ピアノやドラムのごく小さな音の振幅も、そのまま一瞬凍るみたいにくっきりする。煙るみたいなトランペットも、広大すぎず、窓を通して四角く存在する夜空、くらいの重さだから気持ちがいい。

私は安心したがりなんだな、と、ときどき思う。

「ISN'T IT A PITY?」「YOU ARE THERE」「VIOLETS FOR YOUR FURS」。曲名を見ただけで、このアルバムが気に入りの一枚になることはわかっていた。もっとも、清潔に甘い声をしたステイシー・ケントの、おおげさにはりあげたりせず、かといってささやいたりもしない歌い方を聴いたときには「わかっていた」以上に好きになっていたのだけれど。

そして、スタンダードというのはスタンダードだから安心なわけではちっともなく、聴くたびに、いっそびっくりするほど、ゼロから安心させてくれるものだからスタンダードなのだ、ということに、あらためておどろく。

人生に、もし一つしか音楽を選べないとしたら、私はやっぱりスタンダードと呼ばれるものを選ぶんだろうな、と思う。

雨はぐっすり寝ている。子犬のころから、雨はとても犬とは思えない——犬としてはいかがなものか、と思える——寝方で眠る犬なのだ。呼んでも起きないし、場合によっては触っても起きない。牛の肺とか豚の耳といった類《たぐい》のスナックを、顔の前に置いても全く起きない。私は雨の寝息やいびきを聴くのが大好きだ。

ステイシー・ケントは、最後の曲——「THANKS FOR THE MEMORY」——を歌っている。別れ際《ぎわ》に、美しく具体的なさまざまな思い出にお礼を言い、「We said good-bye with a high ball, And I got as high as a steeple, But we were intelligent people, No tears no fuss, Hooray for us」と言えるなんて、なんていいんだろう。そして逆にいえば、他に一体何があるだろう。

もうじき四時になる。おもてがあかるくなると、夜に聴いていた音楽というものはいきなり光を失うから、その前に消さなくちゃいけない。

26

「ぼくはもう森へ行かない　森へなんか行きたくない　甘く香るスミレの花を　探しになど行きはしない」

日がながくなったなあ、と思いながら、クミコを聴いている。クミコというのは女性歌手の名前。

『すみれの花の砂糖づけ』という詩集の中の、「願い」という詩に曲をつけて歌いたい、といわれ、どうぞ、とこたえたら、その曲の入ったCDができあがって、送っていただいた。それが去年のことだった。それ以来何度も、私はこのアルバムを聴いている。

とてもいいんだもの。すらりとしている。そして、輝やかしい。シャンソンがべースの、正々堂々、愛のアルバム、という感じが気に入っている。タイトルも『愛の讃歌《さんか》』だし。

この人の歌は声が愉《たの》しげで、雨とそれを聴いていると、幸福な気持ちになる。特別な幸福ではなく、たとえば子供のころ、ながいお休みの中の一日に、まだ休みはいっぱいある、と思ってひそかににんまりする気持ち。それに似ている。

雨は普段の一・五倍くらいの大きさになっていて、いい匂《にお》いをふりまきながら、部屋の中を歩きまわっている。この状態は三日ももたないが、いまはふわふわでつやつやだ。

生後一年半までは、一緒にお風呂《ふろ》に入ってシャンプーをしていた。湯船の中で、抱かれたまま不安そうにしがみついてきた子犬の雨は天使のようにかわいかったが、そのころでさえ、お風呂あがりは小鬼のように厄介だった。ドライヤーを嫌がって走りまわり、ゴーカイに身ぶるいをして、部屋じゅう——というよりいっそ家じゅう。お風呂場が二階なので、脱衣所から廊下から階段まで——水びたしにした。私は片手にドライヤーを持ち、もう一方の手だけで雨を押さえ、毛を指で梳《す》かなくてはならない。ふりほどいて何度でも逃げる雨は、けけけ、と笑っているみたいに思えたものだ。シャンプーのあとは、だからいつも運動会沙汰《ざた》になり、私は冬でも(雨が風邪をひくといけないので暖房を強くしてあったので)汗だくになり、くたくたになって、もう一度お風呂に入ることになった。

「私たちの昔話」

私は雨に言う。共通の記憶を持てるのは素敵なことだ。しかも、それは増えていく。

「さようなら　二十歳の私と溺《おぼ》れるあなたの四十の命　あなたは溺れる　思い出の河で」

クミコが歌っている。

いまでは、雨のシャンプーはペットショップでしてもらっている。プロはさすがだ。お店でならじっとしている雨も雨だけど。

クミコを聴いていると子供のころを思いだすのは、母がシャンソン好きだったからかもしれない。エディット・ピアフやリュシエンヌ・ドリール、マルセル・アモン、イブ・モンタン。あの家の中では、夕方、いつもそんな音楽がかかっていた。

そういえば、私は子供心に、日本のシャンソン歌手の多くについて、あまりに苦しげに哀《かな》しげに歌うので恐《こわ》い、と感じたものだった。クミコは全然そんなふうじゃない。勿論《もちろん》、私の知っているのはこのアルバム一枚だけだし、このひとが他のアルバムやコンサートでどんなふうなのかわからない。わからないけれど、でもやっぱり、なんとなくわかる（と思う）。苦しげな歌も哀しげな歌も、きちんと物語にするすべを知っている人に違いない。

「ノワイエ（溺れるあなた）」も「わが麗《うるわ》しき恋物語」も名曲だけれど、いちばん新鮮だったのはタイトル曲の「愛の讃歌」で、クミコはそれを、あの有名かつポピュラーな訳詞ではなくて、新しい歌詞（まさに愛の讃歌な歌詞）で歌っている。凛々《りり》しく、簡潔に。たとえば有名な方の出だし、「あなたの燃える手で　私を抱きしめて」は、クミコバージョン（作詞覚《かく》和歌子）ではこうなる。「約束はしないで　誓いも欲しくない」

恰好《かっこう》いいのだ。

「びっくりするでしょう？」

私は雨に言う。

「きちんとしてるよね。名曲をぱりっとさせようとするなんて」

気配を察して逃げようとする雨をつかまえ、期間限定のふわふわの体に、私は顔をこすりつける。

27

なんでも説明をつけて安心しようとするのは人間の悪い癖だ、ということを、たとえば雨は教えてくれる。

雨用のトイレはドアを入って右手、ドアとおなじ壁際《かべぎわ》なのに、最近、雨はドアの正面の窓際に水たまりをつくる。何度も、何度も。トイレはちゃんと覚えていたはずなのに、おかしいのだ。

私ははたと思った。窓際は、ドア側の壁際より外に近いから、外の音や匂《にお》いや気配がずっと濃いわけで、だから雨はそっちにマーキングしたいのかもしれない、と。ここから内側は自分の縄ばりだぞ、という主張に。

そこでトイレをそっちに移した。すると、雨は、元のトイレだった場所――いまはただの床だ、勿論《もちろん》——にした。

私は反省した。記憶は、そう簡単に消せるものではないからだ。しかし、トイレを元の位置に戻すと、雨はやっぱりまた早速窓際でした。

「わかった。トイレを二カ所にしよう」

私は、思いきってそう提案した。そもそも雨の体重と私の留守時間の長さを考えると、いままでのトイレではすこし小さいのではないか、と以前から思ってはいたところだったからだ。

すると、ほんとうにあ然とさせられたことに、雨はいきなり第三の場所——ドアを入って右側の壁際、クローゼットの前——に水たまりをつくった。

私は衝撃を受けた。怒ったが、また同じ場所に雨はした。これはもう絶対何かの主張だ、と私には思えた。

「する場所を自分で選びたいの？　きょうはここの気分だったの？」

私は前回の失敗を思い出し、トイレを移動させるのではなく増やしてみた。三つに。これだけあれば、雨はその都度選ぶことが可能だ。

次にドアをあけたときの光景は忘れられない。トイレシートを、雨は三つともびりびりにひき裂いていた。細かく。シートには粉状の薬品が入っているので、紙と粉がそれこそ雪みたいに部屋じゅうに散乱している。雨は部屋のまんなかで、遊びたりたように寝ていた。ぐうぐう。

結局のところ、トイレはいちばん初めの場所一つに戻した。雨は窓際に、すきをみて水たまりをつくっている。

それがどういう主張なのかはさっぱりわからない。主張なんかないのかもしれない。雨は私をからかっているだけかもしれないし、あるいはいっそ、何も考えていないのかもしれない。

雨の行動に、説明はつけられないのだ。

ビリー・ジョエルを聴きながら、私はそう考える。そう考えることには、どういうわけか喪失感が伴う。淋《さび》しさのようなものが。

『COLD SPRING HARBOR』は特別なアルバムだ。アルバムというのは一枚ずつが特別なものではあるけれど、これはビリー・ジョエルの他のアルバムと、ほんのすこし違う。

私はビリー・ジョエルが好きで、『PIANO MAN』も『52ND STREET』も、

『STREETLIFE SERENADE』もそりゃあ好き。どれも、なつかしいニューヨークに連れていかれて胸がいっぱいになる。私にとって、「なつかしいニューヨーク」というのは特殊名詞で、固有名詞のニューヨークとは違う。固有名詞のニューヨークには行ったことがあり、大好きな街だ。でも、「なつかしいニューヨーク」には、行ったことがない。

本や映画や、写真や音楽を通してだけ知っていた、行ったこともない、でも、地下鉄の匂いも街角の風景もくっきり思いだせる街。いくつかの店だって憶《おぼ》えている。音や、匂いや、人々や、そこでだしている食べ物。

だから、ビリー・ジョエルを聴くと嬉《うれ》しくなるし、なつかしくなるのだ。『COLD SPRING HARBOR』は、それとは、すこし違う感じがする。事実上のデビューアルバムで、デビューから十二年後の一九八三年になってやっとリリースされたアルバムであるということと、やっぱり関係があるのだろう。もろそうな感じ、やさしすぎるような感じ。ピアノの音もシンプルで、ちょっと胸にささるというか。

いまは午前五時で、おもては雨が降っている。うちの雨は階下で眠っている。朝起きて、どこに水たまりをつくっているにせよ、そしてそのことに理由ないし説明がつくにせよつかないにせよ、雨は私に説明なんかしてくれないし、私はトイレ以外の水たまりについて、すべて頭ごなしに叱《しか》りつける他ないのだ。

秋になれば五歳になる雨は、まだまだ私に油断させない心づもりであるらしい。

28

雨のいない部屋の中で、LISA GERMANO を聴いている。白いドレスの少女が室内で浮遊している、ちょっとサラ・ムーンを思わせる白黒写真のジャケットと、『LULLABY FOR LIQUID PIG』という風変りなタイトルに惹《ひ》かれて衝動買いしたアルバムだ。

雨は、ワクチン接種のために病院にあずけてある。犬ジステンパー、犬伝染性肝炎、犬アデノウイルス2型感染症、犬パラインフルエンザ、犬パルボウイルス感染症、犬コロナウイルス感染症、犬レプトスピラ病黄疸《おうだん》出血型、犬レプトスピラ病カニコーラ型、という、実に八種の混合ワクチン。書いているだけでおそろしくなる名前の病気がこんなにあることにまず驚くが、すべての病名の最初に「犬」とつくのがなんとなく可笑《おか》しい。

ワクチン接種をしない野良犬《のらいぬ》たちは、こういう病気で死んだりするのかしら、と考える。

雨のいない部屋の中はしずかだ。こういうとき、いつもびっくりするのだけれど、雨のお皿とか玩具《おもちゃ》とかが、部屋の中で俄《にわ》かに色鮮やかに、存在感のあるものとして主張し始める。雨のいるときには全然目立たないのに。それは存在の不在ではなく、不在の存在だ。私は青いお皿やうすいピンクのりんご型玩具を見て、ああ、この家にはほんとに雨がいるんだ、と、しみじみ思う。生命のないものの方が、現実感があるのだ。

それはたとえば朝起きて、夫はすでに会社に行ってしまってうちにいないのに、夫の着ていたパジャマだけが、脱がれたときのままの形で、妙に生き生きと床にあるのを見るときの気持ちと似ている。

こうして私がこれを書いているいま、夫が会社に、雨が病院に、それぞれ存在しているというのはおもしろいことだ。このうちの中にはそのあいだ、夫と雨の不在がたしかに存在している。

LISA GERMANOのアルバムは、不在の存在する部屋に、嘘《うそ》みたいにしっくりなじむ。少ない楽器のこぼす雨だれみたいな音と、しっとりしてやや幻想的な、でも素朴ともいえる女性ヴォーカルの声。だいたい、一曲目のタイトルが「NOBODY'S PLAYING」だもの。

物語の気配の濃いアルバムだ。誰もいない森の中とか、人の住んでいない家の中とかで、生命のない物たちが、物体の内側にひそませている物語。記憶とか、時間とか、がふいに立ちのぼらせてしまう類《たぐい》の。

そういうものは、普段閉じ込められているのだ。ちょうど、雨が静岡の犬舎で生れた、という事実や、銀座のデパートの屋上で売られていた、という事実が、雨自身の意識や記憶とは無関係に、物語として雨の中に閉じ込められているみたいに。

雨が視力を失う前に見たものも、たぶんたくさん閉じ込められている。人の顔とか、ちょうちょとか、よその家のクリスマスの飾りつけ——雨は上を見ないので、見せるためにはいちいち抱き上げなくてはならなかった。雨は目をまるくして、まばたきもせずにじっと見ていた。びっくりした顔で——とか、去年一度だけ見て怯《おび》えた海と波とか。

ブフ、と、勿論《もちろん》雨は軽蔑《けいべつ》もあらわに鼻を鳴らすだろう。閉じ込められている、忘れ去られたものたちになど、何の意味も興味もないのだから。

それよりもごはんは？ 病院から戻るやいなや、雨はそう催促するに違いない。私はドライタイプのドッグフードを、青いお皿にばらばらと音たかく入れるだろう。雨は行儀よく坐《すわ》って待ち、「よし！」と言われてから一度間違った場所――お皿の右横か左横――に顔をつきだして、おっと違った、とばかりに今度は正しい位置に顔を埋め、かりかりと小気味いい音をたてて食事をするだろう。咀嚼《そしゃく》するとき、雨はときどき上を向いて目をつぶる。満足気に。いまがすべて、という主義の持ち主なのだ。

そうしたら私は、ふわふわと心許《こころもと》なくたゆたうような、美しい旋律の「LULLABY FOR LIQUID PIG」ではなくて、もっと現実的で雨好みと思われる曲をかけよう。サンタナのギターとか、ホイットニー・ヒューストンの青いアルバムとか。生命力のかたまりみたいな雨は、「帰ってきた帰ってきた帰ってきた」と全身で言いながら、部屋中を走りまわるだろう。積んである本や箱を器用によけて、それでもよけきれずにぶつかれば、不本意そうに鼻を鳴らして。

いまこの部屋にみちている雨の不在の存在の気配は、「LULLABY FOR LIQUID PIG」と一緒に逃げだすはずだ。

29

雨。部屋のなかまで濡《ぬ》らすみたいに、もう何日も降り続いている。

「やれやれっていう感じ」

ため息まじりに私は雨に言う。何年かぶりに歯が痛くなり、日々の慌《あわただ》しさにかまけて薬だけのんで放っておいたら発熱と頭痛に発展し、しまいには頰骨から顔が砕けるかと思うはめになった。小学校三年生のときからずっと私の歯痛駆込寺である歯医者さんに駆込んで、叱《しか》られながら治療してもらい、ほっとした途端に腰痛《ようつう》になった。これは初めてのことで、びっくりしたり笑ったりした。しゃがんだり立ったりのたびに息を呑《の》み、雨のトイレを片づけることさえままならなかったので、雨もおどろいたようだ。散歩もおそろしくゆっくりの歩き方なので、不審げにふり返り

ふり返りしていた雨はとうとうじれて、なんだよう、と言うように、鳴いた。道路で。日頃の不摂生が悪い、と思っているのかどうかわからないが、まるでそう思っているかのように雨はつめたく、私は、これが動物の正しさだ、と感心しながらもとほほの日々だった。

「こうやって、雨も私もすこしずつ老いていくわけだね」

雨に降りこめられた家のなかで、そんなふうに言ってみる。CCRのグレイテスト・ヒッツを聴きながら。「PROUD MARY」「DOWN ON THE CORNER」「HAVE YOU EVER SEEN THE RAIN ?」、どの曲も出だしの音ですぐ反応してしまうくらい、時間をひき戻す力が強い。

「CCRはね、ずーっと昔に好きだった男のひとに教わったの。このアルバムも、その人に買ってもらったのよ」

私は雨に言う。

こういうことは、ときどき起こる。エアロスミスを聴くときとか。雨のいなかった日々のできごと。

「あ、『I PUT A SPELL ON YOU』。この曲がね、好きだったの」

これは私の欠陥だと思うのだけれど、昔好きだった男のひとたちのことは、全部いい思い出になってしまう。だから記憶と結びついた音楽も、平気で聴けてしまう。あるのは愉快ななつかしさだけで、せつなさとか、秘密めいた痛みとかはない。機微のない女だ、と自分で思う。それは、雨と私の共通点かもしれない。通りすぎてしまったことは、すべて今は昔。

CCRは音が乾いているところが好き。巧妙に琴線に触れるメロディも、それと気づかせないくらいラフに——陽気がった感じに——やってのけてしまう。

歌詞も好きだ。

I put a spell on you because you are mine.

「そんなことを言われた日にはあなた」

つい力の脱けた声になる。

「この人たちはアメリカのグループ」

私は雨に説明した。

「雨もアメリカン・コッカだから、同胞だね。コッカの本家はイギリスだけど」

イギリスっていえばね、と言いながら、私はソフトカバーの本を一冊、二階からとってくる。『ティモレオン』（ダン・ローズ著、金原瑞人《かねはらみずひと》・石田文子訳、アンドリュース・クリエイティヴ刊）は、読んですぐ（まだ春だったのに）、二〇〇三年のベスト1、と決めてしまった小説だ。私は雨を膝《ひざ》にのせ、『ティモレオン』の冒頭を朗読する。

「ティモレオン・ヴィエッタは犬のなかで最高の種、雑種犬だ。人目を意識した気取りや、お高くとまった態度や、同系交配の純血種によくある神経症などとは無縁である。無数の血が入り混じっていて、それを分析分類するのはとうてい不可能だ」

雨は大人しく聞いている。私は途中をすこしとばし、

「しかし近くでみると、どこかがちがっていた。まず第一に、十分な世話を受けている。溺愛《できあい》されているといってもいい。いまはもうペルージャにいるのら犬のようにやせ細っていたのが嘘《うそ》のようだ。鼻は湿って輝き、毛はまちまちの長さだが、つやがあって清潔だ」

という、気に入りのか所を読む。十分な世話をうけている犬の描写というものは、それだけで私と雨を幸福にする。勿論《もちろん》、小説はこのあと波乱にみちた展開をし、圧

倒的な筆力で読者をラストまでひっぱるのだが、私は雨にそれを説明するつもりはない。

「ティモレオン・ヴィエッタって、かっこいい名前だね」

イギリス人の書いた小説だけれど舞台はイタリアで、だからこれはイタリアの犬だね。そんなふうにだけ、話す。もし雨とティモレオンが出会ったら仲よくなるだろうか、と、想像してみる。わんわん物語みたいに、仲間になって活躍するところを。

世界中に犬はいるのだ。その事実もまた、私たちを幸福にする。

読書のためにヴォリウムをしぼってあるにもかかわらず、CCRは小声ながらど、なるように歌っている。アメリカンな声で。

「雨が上がったら、ニッポンのトーキョーを散歩しようね」

膝の上で寝ている雨に、私は言う。

30

毎日暑い。磨くのをさぼっている汚れた窓ガラスを通してさえ、日ざしが庭の空気をゆらゆらさせているのがわかる。小学校のころに、よく遊びに行ったお友達の家の応接間を思いだす。そこの家の窓が汚れていたというわけじゃなく、なんだろう、夏休みの倦怠感《けんたいかん》というか、他所《よそ》の家にいる所在なさというか。私はしょっちゅうその友達の家に遊びに行っていたし、妹が生れた日には、母が入院するのでその家に泊めてもらってそこから学校に行った。そうしてそれにも拘《かかわ》らず、他所の家にいる不安と寄る辺なさでいつも落着かず、応接間にすわってただぼーっと窓の外を見ていた。窓ごしに見る夏の日ざしは、そんなことを思いださせる。

その家のお父さんの趣味はゴルフと狩りで、応接間にはゴルフの練習道具が、階段のおどり場には仕留めた雉《きじ》の剝製《はくせい》が置いてあった。庭には立派なケージがあって、狩りにつれて行くポインター犬がいた。

退屈していた夏休みの記憶。その家でだされるオレンジやぶどうの味つきのカルピスが私はなんとなく苦手だった。

埃《ほこり》だらけではあるが所在なくはない自分の家で、私は雨と、真昼にワインをのんでいる。雨はコーラはのめないが、白ワインならのめる。しかも、水とはちがうことがわかっていて、ちゃんと少しずつのむ。

ブロンディをかけたのが、きょうの昼酒のきっかけだった。ブロンディは、よく行くバーのマスターが好んでかける音楽なので、とくによくかかる「HEART OF GLASS」と「THE TIDE IS HIGH」「CALL ME」を聴くと、私はほとんど反射的にお酒がのみたくなることになっている。

「雨ももうじき五歳だし、私たちはどちらももう子供じゃないからいいんだよね」

私は雨を共犯にするべくそう話しかける。雨には、でも誕生日という概念がない。これは天衣無縫で美しいことと言わなければならない。だって、誕生日を記念しないばかりじゃなく、理解もしないのだ。自分が生れる前にも世界があった（そこに私もいたのだが）ということや、自分がいなくなっても世界はある（おそらくそこに私もいる）ということを、雨はきっと露ほども考えていない。雨にとって、世界はつねに自分と共にだけ、あるのだ。ぶっとんでる、と、私は思う。完璧《かんぺき》だ、と。非の打ちどころのない謙虚、というものではないか。

「でも私は雨が世界に忽然《こつぜん》と出現したことをお祝いするよ」

ブロンディを聴きながら、白ワインのグラスを持って、私はそう宣言する。

「一年に一度の健康診断で、ＧＯＴもＧＰＴも、ＡＬＰも総ビリルビンも、尿素窒素もクレアチニンも、ＴＰもＡＬＢも、それが何であるにせよ正常値の範囲内だったこともお祝いする」

雨は最近全身の毛を刈ったので、見た感じが１／３くらいの大きさになり、夫いわく「弱々しいヤギの子供みたい」な姿をしている。大変足の太い犬種だ、と思っていたその足も、実は華奢《きゃしゃ》であることがわかった。

「毛を刈ると、そういう形をしているのね」

その雨を、私は興味深く眺める。抱き上げると、うすい皮膚を通して体温がじかに伝わるので、無防備な気がして心配になるが、本人は元気だ。窓のそばに寝そべって、ときどき起き上がって耳をかき、気がむくとボウルの底の白ワインを舐《な》める。

夏休み、というわけではないが、これはそれにどこか似ている。

「退屈だねえ」

私は雨に言うけれども、ほんとうは退屈なんかしていない。ここは他所の家の応接間ではないし、庭のケージのポインターではなくヤギみたいにやせっぽちの雨が、でも態度はのうのうと大きく、寝そべっているのだ。

31

雨と私のいる部屋に、音楽が流れている。雨には雨の意志や感情があり、私には私の意志や感情がある。でも、私と雨はそれを言葉で伝えあうことはできない。一緒にいても、実は全然別の世界を生きているのかもしれない、と思うことがある。この部屋も、散歩やごはんといったきまりごとも、お天気も、電話の音も、雨にとってと私にとってとでは全然別の世界を構成しているのではないか。おもしろいなと思うのは、もしそうでも、二つの別々の世界に、同じ音楽が流れていることだ。

私は言葉に依存しがちなので、言葉に露ほども依存していない雨との生活は驚きにみちている。驚きと、畏敬《いけい》の念に。

音楽も、言葉には依存しない。歌詞がいい、というのはいわば付加価値であって、音楽としての力には、それは関係のないことだ。だからこそ、雨の世界にも私の世界にも音楽は流れる。

きのう、雨は一度の散歩中に三度も砂浴びをした。歩いていて、いきなりごろりと仰向《あおむ》けになり、背中を地面にこすりつける。なんのためにそんなことをするのかは謎《なぞ》だ。シャンプー直後にそれをする頻度が高いことは高いけれど、でもきのうはシャンプー直後ではなかった。あたたかい日で、よく晴れた真昼で、そこらじゅうに土や花や草の匂《にお》いが濃く漂っていたことと関係があるのかもしれないし、ないのかもしれない。ただ単に背中をかきたかったのかもしれないが、一度の散歩で三度もそれ、というのは偶然すぎる気がする。

笑ってしまったのは、雨が仰向けになった途端、たまたますれ違った乳母車に乗っていた子供に、

「あ、ころんだ」

と言われ、それはほとんど呟《つぶや》きに近い低い声だったにも拘《かかわ》らず、雨がぴたりと動作を止めたこと。身をくねらせるのを止め、仰向けのまま、じっと乳母車の——そこに乗った男の子と、それを押すお母さんの——通り過ぎるのを待った。

ああいうとき、雨は何を考えているのだろう。彼らを——そして自分の砂浴びを——どう認識しているのだろう。

どうでもいいことではあるが、そのとき私が思ったことは、乳母車に乗るほど小さいのに、喋《しゃべ》れるのか、ということと、雨の砂浴びを瞬時に「ころんだ」と判断する立派な能力——判断力——を、彼はいつどうやって身につけたのだろう、ということだった。

世界は、雨と私のわからないことだらけだ。雨はあのときころんだわけではないけれど、あの男の子の見ている世界では、雨はたしかにころんだのだろう。そこでは、雨は雨でさえなく、茶色い毛むくじゃらの犬にすぎない。

今朝、私は雨にそれを言ってみた。最近気に入ってよく聴いている、ケリ・ノーブルの「FEARLESS」が流れる台所で。

「客観的に言って、おまえは毛むくじゃらな茶色い犬だね」

私の目には、雨は雨にしか見えない。それはいいことなのだろうか。

「客観的にいって」

私は続けた。

「私はそれを飼っている女で、雨とおなじように茶色い毛がながくからまっているね。さらに言えば、(もちろんあの男の子は知らないだろうが)小説家で、夫の妻で、母の娘で、妹の姉」

でも、雨の目にはそうは映っていないだろう。雨の目に、私は私にしか見えないはずだ。どこをどう切っても、ただそれだけ。それはいいことに思えた。いいことで、しかも唯一《ゆいいつ》の正解であるように。

朝の台所に、ケリ・ノーブルはとてもぴったりな感じだった。安定したピアノの音も、曲のためにあるみたいな声と言葉の空気感も。勢いがあって、まっすぐで。フレーズごと耳にとびこんできて、わけもわからず揺さぶられる。それは絶対に言葉の意味によるものじゃない。私はそこが好きだ。歌詞の意味じゃなくスピリットだけが伝わってくるところが。

「砂浴びって気持ちがいいの?」

私は雨に訊《き》く。たとえ真似《まね》をしてほんとうにやってみたところで、私には、その感じはわからないのだろう。永遠に、絶対に、わからないのだ。

おわりに

連載が始まったとき二歳だった雨は、今年六歳になります。

私たちの生活はあいかわらずです。

きょうは朝からつめたい雨が降っていて、不機嫌な雨の、犬くさい匂《にお》いが部屋じゅうにこもっています。

すこし前に、贅沢《ぜいたく》なお酒（ピンク色のシャンパン！）をいただいたので雨にちょっと分けたら、二口おいしそうに舐《な》めたあとでくしゃみが止まらなくなりました（雨はシャンパンものめない）。

レコード屋さんが私にとって特別な場所だった日々は、「今は昔」です。でも音楽はつねにそこにあり、私の上にも、雨の上にも降ってきます。

一冬使いきり、にしているので、かなり汚れているピンク色の毛布の上で、雨はいま、規則正しい寝息をたてながら眠っています。知らないひとが聞いたらおそらく「うるさい」と思うであろうほどに、それは立派な寝息です。

©大野晋三

解説

大野晋三

『雨はコーラがのめない』は、大和書房のホームページに連載された、「音楽」と江國さんの愛犬である「雨」をモチーフにしたエッセイである。連載時、縁あってそこに掲載する雨の写真撮影を依頼された。

アメリカン・コッカスパニエルの雨は、当時二歳。二歳といえば立派な成犬とはいわないまでも、そろそろこどもらしさが消えて落ち着きをみせる頃である。ところが、雨はそうではなかった。

撮影の初日、江國さんのお宅の玄関先で、私と雨は会った。

「おまえが雨くんか」

そう言って歩道にしゃがむと、雨は短い尻尾《しっぽ》を壊れたメトロノームのようにぱたぱたさせながら私の靴に鼻をつけ、せっせと匂《にお》いを確かめた。そして顔を覆《おお》っている栗《くり》色の細く長い毛が風になびくと、そのすきまから雨はちらりと私を見る。首をなでてやろうと私は手を伸ばした。すると雨はそれをするりと抜けて、ぴょんぴょん跳《は》ねながら私の周りを一周した。そして再び正面にきて、今度は前足を私の膝《ひざ》にのせて顔を近づけてきたかと思うとさっと飛びのき、江國さんの持つリードをぐいぐい引いて歩きだした。

とにかく雨はじっとしていない。これほど予測のつかない動きをする動物を、はたしてカメラに収めることができるのかどうか。不安が頭を過《よ》ぎった。

ところが撮影現場の公園に到着し、いざ私がカメラを構えると、雨の態度は一変する。

「さあ雨、仕事だよ。江國さんとゆっくり歩いてきて」

すると雨は、それまで発見するたびに頭を突っ込んでいた植込みに見向きもせず、江國さんのそばにぴたりとついて堂々とこちらに向かってくる。もちろん、江國さんがリードを引きながら終始話しかけてコントロールしてはいるのだが、それでも雨は明らかにカメラを意識している。

「雨、今度はそこに座って。そうそう。そのままで、ちょっとこっちを向いて」

シャッターの音がすると、口から垂れていた長い舌がぺろりと引っ込む。

「雨ったら、なんておりこうなの！」

江國さんの驚いたような呆《あき》れたような声に、雨はほんのちょっと尻尾を揺らして応《こた》え、でもすました表情でその場にじっとしているのだった。

犬は飼い主に似るという。だから、聞いてみた。

「この雨の落ち着きのなさは、江國さんに似たんですか?」

「ちがいます」

きっぱり否定された。

「じゃあ、こんなにカメラを意識するところは?」

「ちがいます」

しかしやがて、江國さんはこのエッセイの中で、いくつもの雨との類似点を認めることになる。


音楽は、エッセイで扱われやすい素材である。しかし、それを成功させるのはとても難しい。

ともすれば、その曲が有名であればあるほど、読者が知っているという前提をあてにして書いてしまうものだ。もしくは、あてにはせずとも、無視できずに。すると、そのことがいつのまにか枷《かせ》になり、その曲の持つ（読者が持っているであろうと考える）イメージから抜け出せなかったりする。下手なライナーノーツみたいなものや、ただの感傷的な思い出話をたまに見かける。

江國さんはそんな失敗はしない。音楽が、本人の意志とは関係なく頭に染《し》みこんでしまうことさえある、とても乱暴なものだということを理解しているからかと思える。だから、読者がその曲を知ろうが知るまいが、そんなことにはまったく関知しないのだ。ゆえに、説明も最小限、選曲のジャンルもバラバラ。前提をまったくあてにしていない。

そのかわりにこの三十一話は、それぞれの場所にたちまち連れていってくれる。雨の日の江國さんの仕事場だったり、行ったことのない東京のＢＡＲだったり、はたまた旅先だったり。そこには、賢くもとぼけた雨がいて、さらに音楽が流れている（一話だけ音楽なしのものがある）。乱暴なことに。知っている曲も知らない曲も、好きな曲も嫌いな曲も。

そういうエッセイが私は好きだ。あっという間にその場に連れていかれ、覗《のぞ》き見趣味的な好奇心を少しだけ満たしてくれるようなものがいい。

やがて気がつくと、そこはずっと居座ってしまいたいような場所になっていたりする。まるで小粒で精巧な物語のように。そういうことを、江國さんはいとも簡単にしてしまうから、恐い、すごい。

雨は八歳になった。もう目は見えない。両目とも義眼で、明るささえ感じられないのだと江國さんに聞いた。

連載終了後、何年かぶりに雨に会った。

「やあ雨」

歩道にしゃがんだ私の膝に前足を乗せた雨は、ぱたぱたと尻尾を振りながら濡れた鼻を私の顔に寄せた。目の色は変わったが、失明しているようにはとてもみえない。

「元気そうじゃないか」

首に手を回しかけると雨はするりと抜け、たちまち背後の植込みに頭を突っ込む。かと思えば、リードをぐいぐい引いてさっさと歩き始める。私は立ち上がって江國さんからリードを預かり、雨にまかせて歩いた。

「ねえ雨、最近『ＲＥＤ　ＲＥＤ　ＷＩＮＥ』聞いたかい？」

雨は何かを思い出したようにふと立ち止り、私を振り返った。そして、ふん、と鼻を鳴らした。

「まったくユニークだねえ」

そう言うと、江國さんは誇らしげに大きく頷《うなず》いた。

（二〇〇七年五月、写真家）

IRONBOUND/FANCY POULTRY

Words & Music by Suzanne Vega, Anton Sanko

ONE

Words & Music by Harry Nilsson

IF YOU DON'T KNOW ME BY NOW

Words & Music by Kenneth Gamble, Leon Huff

AMERICAN PIE

Words & Music by Don McLean

この作品は平成十六年五月大和書房より刊行された。

江國香織著

きらきらひかる

二人は全てを許し合って結婚した、筈だった……。妻はアル中、夫はホモ。セックスレスの奇妙な新婚夫婦を軸に描く、素敵な愛の物語。

江國香織著

こうばしい日々

坪田譲治文学賞受賞

恋に遊びに、ぼくはけっこう忙しい。11歳の男の子の日常を綴った表題作など、ピュアで素敵なボーイズ&ガールズを描く中編二編。

江國香織著

つめたいよるに

愛犬の死の翌日、一人の少年と巡り合った女の子の不思議な一日を描く「デューク」、デビュー作「桃子」など、21編を収録した短編集。

江國香織著

ホリー・ガーデン

果歩と静枝は幼なじみ。二人はいつも一緒だった。30歳を目前にしたいまでも……。対照的な女性二人が織りなす、心洗われる長編小説。

江國香織著

流しのしたの骨

夜の散歩が習慣の19歳の私と、タイプの違う二人の姉、小さな弟、家族想いの両親。少し奇妙な家族の半年を描く、静かで心地よい物語。

江國香織著

すいかの匂い

バニラアイスの木べらの味、おはじきの音、すいかの匂い。無防備に心に織りこまれてしまった事ども。11人の少女の、夏の記憶の物語。

江國香織著

ぼくの小鳥ちゃん

路傍の石文学賞受賞

雪の朝、ぼくの部屋に小鳥ちゃんが舞いこんだ。ぼくの彼女をちょっと意識している小鳥ちゃん。少し切なくて幸福な、冬の日々の物語。

江國香織著

神様のボート

消えたパパを待って、あたしとママはずっと旅がらす…。恋愛の静かな狂気に囚われた母と、その傍らで成長していく娘の遥かな物語。

江國香織著

すみれの花の砂糖づけ

大人になって得た自由とよろこび。けれど少女の頃と変わらぬ孤独とかなしみ。言葉によって勇ましく軽やかな、著者の初の詩集。

江國香織著

東京タワー

恋はするものじゃなくて、おちるもの——。いつか、きっと、突然に……。東京タワーが見える街で繰り広げられる狂おしい恋愛模様。

江國香織著

号泣する準備はできていた

直木賞受賞

孤独を真正面から引き受け、女たちは少しでも前進しようと静かに歩き続ける。いつか号泣するとわかっていても。直木賞受賞短篇集。

江國香織著

ぬるい眠り

恋人と別れた痛手に押し潰されそうだった。大学の夏休み、雛子は終わった恋を埋葬した。表題作など全9編を収録した文庫オリジナル。

江國香織著
ウエハースの椅子
あなたに出会ったとき、私はもう恋をしていた。出会ったとき、あなたはすでに幸福な家庭を持っていた。恋することの絶望を描く傑作。

江國香織著
がらくた
島清恋愛文学賞受賞
海外のリゾートで出会った45歳の柊子と15歳の美しい少女・美海。再会した東京で、夫を交え複雑に絡み合う人間関係を描く恋愛小説。

江國香織著
銅版画 山本容子
雪だるまの雪子ちゃん
ある豪雪の日、雪子ちゃんは地上に舞い降りたのでした。野生の雪だるまは好奇心旺盛。「とけちゃう前に」大冒険。カラー銅版画収録。

江國香織著
犬とハモニカ
川端康成文学賞受賞
恋をしても結婚しても、わたしたちは、孤独だ。川端賞受賞の表題作を始め、あたたかい淋しさに十全に満たされる、六つの旅路。

江國香織著
ちょうちんそで
雛子は「架空の妹」と生きる。隣人も息子も「現実の妹」も、遠ざけて——。それぞれの謎が繙かれ、織り成される、記憶と愛の物語。

安部公房著
壁
戦後文学賞・芥川賞受賞
突然、自分の名前を紛失した男。以来彼は他人との接触に支障を来し、人形やラクダに奇妙な友情を抱く。独特の寓意にみちた野心作。

恩田陸著

夜のピクニック

吉川英治文学新人賞・本屋大賞受賞

小さな賭けを胸に秘め、貴子は高校生活最後のイベント歩行祭にのぞむ。誰にも言えない秘密を清算するために。永遠普遍の青春小説。

川上弘美著

ニシノユキヒコの恋と冒険

姿よしセックスよし、女性には優しくこまめ。なのに必ず去られる。真実の愛を求めさまよった男ニシノのおかしくも切ないその人生。

角田光代著

キッドナップ・ツアー

産経児童出版文化賞・路傍の石文学賞受賞

私はおとうさんにユウカイ(=キッドナップ)された！ だらしなくて情けない父親とクールな女の子ハルの、ひと夏のユウカイ旅行。

桐野夏生著

魂萌え！（上・下）

婦人公論文芸賞受賞

夫に先立たれた敏子、五十九歳。「平凡な主婦」が突然、第二の人生を迎える戸惑い。そして新たな体験を通し、魂の昂揚を描く長篇。

佐藤多佳子著

黄色い目の魚

奇跡のように、運命のように、俺たちは出会った。もどかしくて切ない十六歳という季節を生きてゆく悟とみのり。海辺の高校の物語。

梨木香歩著

りかさん

持ち主と心を通わすことができる不思議な人形りかさんに導かれて、古い人形たちの遠い記憶に触れた時――。「ミケルの庭」を併録。

新潮文庫最新刊

安部公房著

(霊媒の話より)題未定
―安部公房初期短編集―

19歳の処女作「(霊媒の話より)題未定」、全集未収録の「天使」など、世界の知性、安部公房の幕開けを鮮烈に伝える初期短編11編。

松本清張著

空白の意匠
―初期ミステリ傑作集(二)―

ある日の朝刊が、私の将来を打ち砕いた――。組織のなかで苦悩する管理職を描いた表題作をはじめ、清張ミステリ初期の傑作八編。

宮城谷昌光著

公孫龍 巻一 青龍篇

群雄割拠の中国戦国時代。王子の身分を捨て、「公孫龍」と名を変えた十八歳の青年の行く手に待つものは。波乱万丈の歴史小説開幕。

織田作之助著

放浪・雪の夜
―織田作之助傑作集―

織田作之助――大阪が生んだ不世出の物語作家。芥川賞候補作「俗臭」、幕末の寺田屋を描く名品「蛍」など、11編を厳選し収録する。

松下隆一著

羅城門に啼く
京都文学賞受賞

荒廃した平安の都で生きる若者が得た初めての愛。だがそれは慟哭の始まりだった。地べたに生きる人々の絶望と再生を描く傑作。

河端ジュン一著

可能性の怪物
―文豪とアルケミスト短編集―

織田作之助、久米正雄、宮沢賢治、夢野久作、そして北原白秋。文豪たちそれぞれの戦いを描く「文豪とアルケミスト」公式短編集。

雨《あめ》はコーラがのめない

新潮文庫　え－10－14

平成十九年七月一日　発行
令和六年四月十五日　五刷

著者　江《え》國《くに》香《か》織《おり》

発行者　佐藤隆信
発行所　株式会社 新潮社
郵便番号　一六二―八七一一
東京都新宿区矢来町七一
電話　編集部（〇三）三二六六―五四四〇
　　　読者係（〇三）三二六六―五一一一
https://www.shinchosha.co.jp

価格はカバーに表示してあります。

乱丁・落丁本は、ご面倒ですが小社読者係宛ご送付ください。送料小社負担にてお取替えいたします。

印刷・株式会社光邦　製本・株式会社植木製本所

ISBN978-4-10-133924-5 C0195